書下ろし

ハンター・ハンター

憑依(ひょうい)作家 雨宮縁(あまみやえにし)

内藤 了

祥伝社文庫

Contents

unter

Hunter

【主な登場人物】

雨宮　縁（あまみや えにし）　黄金社（おうごんしゃ）でデビューしたミステリー作家。作中の主人公を憑依（ひょうい）させて書く。

庵堂貴一（あんどう きいち）　縁の秘書。

真壁顕里（まかべ あきさと）　黄金社ノンフィクション部門に籍を置く名物編集者。特例で縁を担当している。

蒲田宏和（かまた ひろかず）　黄金社から独立したフリーランスのデザイナー兼カメラマン。

竹田刑事（たけだ）　警視庁捜査一課所属だが基本的にはローンウルフ。

月岡玲奈（つきおか れいな）　帝王アカデミーグループの総帥（そうすい）。

吉井加代子（よしい かよこ）　玲奈の実母。帝王グループの病院の隔離病棟に収監されている。

心療内科医片桐（かたぎり）寛（ひろし）とその家族　月岡玲奈の養子縁組先。玲奈のストーカーに惨殺された。

――ひどい嵐の夜でした。風がびゅうびゅう暴れ回って、雨は叩(たた)きつけるように降り、雷まで鳴り出して、光と音がすべてを引き裂くようでした。

その夜に、子供部屋のベッドで、お兄ちゃんと妹が震えていました。

小さい妹はこわくて泣いていましたが、お兄ちゃんは勇気を出して窓から見える嵐のようすをながめていました。

雨はますますひどくなり、とても大きな雷が落ちて、ドドンとベッドが揺れました。「こわい!」と妹は悲鳴をあげましたが、お兄ちゃんはイナビカリが夜空を切りさくのを見ていました。

するとその隙間(すきま)からたくさんの星たちが、キラキラとこぼれ落ちてきたのです――

プロローグ

エアコンが不快な音を立てている。皮膚は冷えるけれども内臓にこもった熱は逃げない。真夏の夜は寝苦しく、ジクジクと内側から焼かれていくようだ。

どこかでクラクションの音がして、何度目かの寝返りを打った。真っ暗な寝室にはタマネギの匂いが漂っている。入眠効果があると聞いたのに、まったく効かない。聞こえる音という音が煩わしくて、彼女は両手で耳を覆った。神経が立っているせいで、アパートの下を行く誰かの足音すら気に障る。精神科医のアドバイスを受けてスイッチの蛍ライトまで切ったのに、眠くならないのはなぜ？ 早く寝ないと、明日も忙しいのに……焦れば焦るほど目がさえて、もはや恐怖を感じるほどだ。

眠れ、眠れ……眠くなれ……目を閉じると厭な記憶ばかりが思い出されて動悸が始まる。遠い記憶は、ヒステリックな泣き声や、恫喝や、おまえのせいで家庭が崩壊したと責める言葉で埋め尽くされている。

だからなんなの、放っておいてよ。私が苦しまなかったとでも思っているの。うるさい、黙れ。

刃物を振りかざす自分が見えて、目を開けた。

「ああ……」

耐えきれなくて身体を起こす。

疲れたときほど眠れなくなるのはどうしてよ。なぜ眠り方を忘れてしまうの？

闇の中、枕元灯を点けようとして飲み薬の包装シートをばら撒いた。お腹に溜まるほど薬を飲んでも、まったく効かない。薬の殻を踏みつけて寝室を出る。とたんに明かりが目に突き刺さり、外の雑音が鮮明になった。遮光カーテンを付けているのは寝室だけで、リビングの安物カーテンには街の光が透けるのだ。ゴミゴミとした都会は街灯が消えず、深夜を過ぎても人は働き、それを不審に思う者もない。夜は寝るもので朝は起きるもの、食事は音を立てずにするもので、子供は学校へ通うもの。これまで厳しく教え込まれて育った世界は、現実とぜんぜん違う。

キッチンへ行って蛇口から直接水を飲む。コップなんか使わなくても、夜中起きていて昼間に寝ても、卑しい音を立てて食事をしても、学校へ行けなくても私は大人になれたじゃないの。今では誰も私を責めない。私はきちんとやっている。

「嘘つき」

手の甲で唇を拭って呟いた。睡眠不足でこわばった肩を揉みほぐしていると、窓の下から酔っ払いの声がした。間もなく午前三時を回る。眠るのに疲れてソファに座り、スマホを手にしてブラウジングを始めた。くだらないSNSやネットニュースを見ているときに、ふと、セラピーで出されるお茶のことが思い出された。グループセラピーを受けたあと喫茶コーナーで飲めるハーブのお茶は、精神を安定させるだけでなく、リラックス効果もあると篠田さんが言っていた。カウンセリングを受けたとき、夏は不眠に悩むと話したら、持って行きなさいと分けてくれたのだ。

バッグをかき回してお茶を出す。お湯を沸かして、マグカップでお茶を淹れた。草の汁に蜂蜜を混ぜたような味がした。不思議と身体の火照りは消えたが、代わりに頭がズキズキ痛んだ。心臓の鼓動が速くなり、頭の後ろから眠気が襲ってくるのを感じた。リビングはエアコンを切ったままなのに、暑さよりも寒さを感じ、そして彼女は眠りについた。

取り戻せばいいのよ……取り返せるわ……あなたは人生を搾取されてきたのだから……奪われたものを取り返すのは当然よ……でも、まだ奪うというのなら……

篠田さんの声がする。優しく強くささやきかけてくる。

闘いなさい。そうすれば、二度とあなたから奪えなくなるわ。闘いなさい。闘うの。

どうやって？

わかっているはず。それをするのよ。

そんなことできない。

いいえ、できるわ。だって、それは悪いことじゃないもの。解放するのよ、自分を、よ。闘うの。

闇を彷徨う夢を見た。私が私であるために、私は苦しみの根源へと向かう。身体に貼られた誰かの価値観。いつも洗い流したかったけど、私は汚れたままだった。心をむしばむ誰かの価値観、壊したかったけど、非力でなにもできなかった。

やりなさい。泣いていたっていいことはない。闘うの。壊すの。奪うのよ。

歩いても、歩いても、闇だ。

当然の権利よ。誰もあなたから奪えない。それでも奪われたというのなら、取り返すのよ、自分の力で。壊しなさい。奪いなさい。当然の権利を行使しなさい。

できない。できない。

やれるわ。だって、あなたが正しい。

親不孝もの！　欠陥品！　産んだのが間違いだった。

お願いだから憎ませないで。やめて言わないでそばへ来ないで放っておいて……大嫌い。頭上に腕を振りかぶって反撃したとき、手応えと、生温かい飛沫を感じた。

それこそあなたから奪われていたものよ。

その通りだと思った。だからもっと返して欲しい。二度と奪われないよう、全部返して。私から奪っていったもの、アイデンティティも、存在意義も、全部私に返してちょうだい。

「はっ」

飛び起きたとき、全身が汗に濡れていて、消毒液の臭いがし、鼻の奥には別の不快な臭いを感じた。手を見るとヌラヌラと鮮血にまみれている。血だらけだ。

うそ、どうして、何があったの？

目をこらして再び見ると血なんかなくて、安物のカーテンに陽が当たり、その赤色が汗に光っていただけだった。ベッドではなくリビングで、しかもソファの下の床で眠ってしまったようだ。何時になったか、出勤時間か、そういうことも考えなかった。リモコンのスイッチを押してエアコンを入れると、彼女はソファに横たわって再び眠った。

だらしない。寝るならベッドへ行きなさい。そんな簡単なことがどうしてできない。おまえはどうして、そんなふうに生まれてきたんだ。

記憶が自分を蔑んでも、もう、怖くもなんともなくなった。

眠くなったらどこででも眠る。やりたいように生きていく。奪われたものを取り返したら、心の澱はきれいに消えた。半裸でソファに横たわり、彼女はようやく眠りを貪った。

おそらく生まれて初めてだと感じるほどに、深く快適な眠りであった。

目覚めると夕方になっていて、部屋中が異様に冷えていた。真夏の熱気は窓辺だけに漂い、勤務先からの電話やメールがスマホに複数回届いていた。

昨日までならクビになるのが怖くてオロオロしたと思うのに、今はなぜかスッキリとして、同僚や上司にメールを返した。

——急な体調不良で連絡できず申し訳ありませんでした。明日は出勤できそうです——

そしてテレビのスイッチを入れた。

『警察によりますと、本日午前十時過ぎ、品川区のアパートで、この家に住む四十一歳の女性が全身から血を流して倒れているのが発見され、その後、死亡が確認されました。警察は殺人事件とみて捜査を進めています』

テレビが映したアパートは二階建てで外階段のついた古いタイプの建物だった。子供のころに住んでいたような物件だ。一階部分をブルーシートが隠していて、濃紺の制服を着た捜査員が出入りしている。カメラがパンして周囲を映すと、通り向かいの駐車場に野次馬がいた。電柱と自販機、ビルの外壁に取り付けられた古い看板に見覚えがある。

もしかして、と彼女は思った。

本当に子供のころ住んでいたアパートだろうか。駐車場の横にもっと新しいアパートがあって、壁が白くてうらやましかった。毎朝、両方のアパートから子供たちが駐車場に集まって、集団登校をした。小学校の思い出も決して楽しいものではなかったけれど。

眉をひそめて立ち上がり、髪を掻き上げながら冷蔵庫を開けて、ミネラルウォーターを取り出すときに、腕にポツポツと湿疹（しっしん）ができているのに気がついた。

いやだわ、どうしてこんな。

今度はミネラルウォーターをグラスに注（そそ）いで、一息に飲み干した。

子供時代もカーストはあった。いい家に住んでいる子はおやつが豪華なのだとか、きれいな服を着ている子は親が金持ちなのだとか。

そのころ自分は古いアパートにいた。あとで新居に引っ越したけど、親がローンを払えなくてすぐ手放した。口うるさくて、倹約家で、疑（うたぐ）り深い親だった。床や畳が傷つくからと、借家にいたころより遠慮して暮らしていたのに、結局人手に渡ってしまった。親も私もバカみたい。腕の湿疹がヒリヒリ痒（かゆ）い。

沈みかけの太陽が安っぽいカーテンを透かして、窓に建物のシルエットが映る。輪郭すらもおぼろげなそれは、物置で忘れ去られたままになっているゴミの山のようだった。

第一章　蒲田の春と真壁の憂鬱

飯野深雪が書店員として働いている『のぞね書房』は、繁華街の一角にある。通りに面した大きな窓から店舗内部が覗ける造りで、日没が遅い七月の夕べは、仕事帰りのサラリーマンや学生などがその前を談笑しながら行き交っている。

そうした様子を通り越しに眺めつつ、フリーデザイナー兼カメラマンの蒲田宏和は何度目かのため息を吐く。日が暮れても一向に涼しくないのは、アスファルトや建物が熱を孕んでオーブンのようになっているからだ。スニーカーの中は蒸れるし、リュックを背負うと背中の汗が止まらない。人を殺したのは太陽のせいだという小説じゃないけれど、暑さで自分が死にそうだ。

時刻は午後七時四十五分。のぞね書房の裏口から飯野深雪が出てくるころだ。

「ふうっ」

蒲田はにわかに深呼吸すると、自分の胸を平手で叩いた。次にはTシャツの襟口をパタパタさせて、汗よ、ひいてくれ、と心で念じた。彼女の仕事終わりを待っているだけなのに、バカみたいに落ち着かないのは、一大決心をしてきたからだ。

少し前、蒲田は文字通り死にそうな目に遭った。

仕事仲間の編集者の頼みを聞いて、『覆面作家雨宮縁が覆面も仮面も脱いで素顔を晒す』と銘打つイベントに参加したところ、作家を狙う暴漢に殺されそうになったのだ。生の殺意の執拗さ、被害者の命に対する無関心、犯人の行動の空々しさを、そのとき蒲田は、身をもって知った。そして思った。人はこんなにあっさりと、覚悟もなく死ぬものなのかと。

多くの人は己の人生の終わりを知らない。角を曲がった先に死が待ち構えていても、そんなことは考えもせずに生きている。けれどもそれはいつ自分に襲いかかってくるか、わからないのだ。だから幸せになるのを躊躇っちゃダメだ。死を覚悟した一瞬に、飯野のことが脳裏をよぎった。頭に浮かんだのはそれだけだった。

蒲田は宙を見上げて目をしばたたき、しっかりしろと自分に言った。

指輪はまだ買ってない。飯野がプロポーズを受けてくれたら、一緒に買いに行きたいと思う。自分勝手に選ぶより、身につける彼女が一番いいと思う品を買う。もしも申し出を受けてくれたら……おもむろにハンカチを出して、汗を拭った。

「わー、待たせてごめん」

思わぬ方から声がした。振り返ると、街路樹の脇に飯野深雪が立っていた。

蒲田も飯野も三十歳を少し出ている。恋に恋する齢は疾うに過ぎたが、ドキドキやワクワクは今も充分感じたりする。

「蒲田くん、あのね、さっき雨宮先生の新刊をチェックしているお客さんから、いろいろ訊かれていたのよね。次の刊行はいつですかって……情報聞いてる？　真壁さんから」

それが仕事仲間の編集者で、蒲田の身を危険にさらした張本人だ。もと同僚で、黄金社という出版社で作家雨宮縁の担当をしている。デビュー以来、蒲田がずっと装丁デザインを手がけているのだ。

「……聞いてない？」

「え。あ。うん」

しっかり書店を見ていたはずが、飯野が来るのも目に入らないとは、迂闊すぎるぞ。

蒲田は自分自身を嗤った。

「やだ。どうしたの、蒲田くん、熱中症？」

今宵の飯野は若草色の半袖シャツにハイウエストのフレアスカートという出で立ちだ。シンプルな組み合わせだが、目鼻立ちがくっきりしているから何を着ても様になる。

「そんなことない。大丈夫だよ」

食べ物屋の多い通りへ向かって歩き出しながら、蒲田はどう答えるべきか思案した。

雨宮縁の新刊情報が出ないのは、彼が「もう書かない」と言って行方をくらましてしまったからだ。裏に複雑な事情があって、真壁も蒲田も、飯野さえ事情を少しは知っている。

蒲田と飯野はかつて同時期に黄金社に勤務していた。蒲田がフリーになる前に飯野は寿退社をしたのだが、新婚のご主人が不幸に見舞われ、あやうく自死しようとしていた。それを止めたのが蒲田と真壁で、もちろん当時は恋愛感情なんかなかった。元同僚の友人として、飯野の負担にならない距離を保って、けなげに立ち直っていく彼女を見守っているうちに、いつしか自分の世界の中心に彼女がいたというのが正しい。二人の数奇な縁をつないだのが真壁であり、縁でもある。

そこまで想いを巡らせて、蒲田は言った。

「実はさ……ここだけの話、先生は、少し前から行方不明になっているんだ。公にしてないけども」

「えっ」

と、飯野は小さく漏らした。一瞬だけ足を止め、また歩き出して、ヒソヒソ声で、

「じゃあ？」

と、地面を見たまま訊いた。

「うん」

と、蒲田も地面に頷いた。

「いよいよ反撃に出るつもり？　そういうこと？」

飯野のご主人は自殺に見せかけて殺害された。やったのは、幸福な人の笑顔を狩って、泣き顔をコレクションするハンターだった。覆面作家の雨宮縁はなぜかその手口に勘づいてハンターをあぶり出し、見事に逮捕させたのだ。

縁は自分をこう言った。ハンターを狩るハンターなのだと。まだ誰も知らない未解決事件をフィクションとして小説に起こし、発表することで犯人を煽り、根絶やしにするため作家になったと。

「うん、そういうこと。決行の日が近いから、先生はぼくらを巻き込まないように、どこかへ姿を隠したんだよ。突然だったから、ぼくも真壁さんもショックでさ」

「どうして私に黙っていたの」

「混乱したのと、飯野を巻き込みたくなかったのと」

「雨宮先生は恩人なのよ？　私が引きこもっている間、ずっと食べ物を届けてくれたし、蒲田くんとも会わせてくれた」

「うん」

と、蒲田はまた頷いた。

「私だって先生の役に立ちたい。でも、蒲田くんは口止めされていたってこと？」

と、飯野が訊ねる。

「口止めどころかホントに突然、ある日突然消えたんだよ。事務所も処分して、まるで最初から存在していなかったみたいに」

「お別れも言わずに？」

蒲田は深く頷いた。傍らで飯野の瞳が見上げている。

「……そうなんだ？……」

「当然ながら納得してないよ。ぼくだけじゃなく、真壁さんも納得してない。ぼくたちだって手助けしたいと思っているし、思ってきたんだ。ぼくらはチーム縁だから」

「チーム縁でハンターになる。そういうこと？」

「うーん……いや、それは……」

「危ないことをするつもり？　この前みたいに」

「それはない。危険な真似はもうしない。ただ、結末は見届けないと。だって、こんな中途半端な幕切れはさ、ひどいだろ」

「先生と会えなくなったのに、どうやって結末を知れるの？」

蒲田は微かに口角を上げた。

「そのあたりは、ぼくも真壁氏も先生から散々習ったからさ。好き放題に振り回されてきたおかげで、どうすればいいかも学んだんだよ……とにかく雨宮先生は、『ハンター・シリーズ』に関わるすべての人を心配して姿を消したんだ。この先は秘書の庵堂さんと二人だけでハンター狩りをやるつもりなんだよ」

「それは黄金社に犠牲が出たからだよね」

「うん。お世話になった書店員さんにも」

「ひどいよね。ホントにひどい」

飯野は俯き、拳で自分の口を覆った。

ハンターは好き放題に罠を張り、無関係な人を狩る。利害でも恨みでもなく、欲望のままに人を狩る。たとえば『笑顔』を、たとえば『家庭』を、たとえば『推し』を、自身の承認欲求を満足させるために狩る。容赦なく。

「……そうか」

と、飯野はため息を吐く。

「『ハンター・シリーズ』の続編はもう出ないんだ……作家雨宮縁は……」

ほんとうに消えちゃったんだね。と、また頷いた。

汗の匂いが嗅げるほど身体を寄せて、歩きながら囁き合っている男と女が、殺人の話をしているなんて、いったい誰が思うだろう。

蒲田はふいに足を止め、正面から飯野を見下ろした。

「先生たちはやる気でも、二人だけでは無理だと思う。無理だからぼくと真壁さんが振り回されてきたわけで、大勝負に出ると言うのなら、絶対ぼくらのことが必要になるはずなんだ」

「でも姿を消したんでしょう？　雨宮先生は、決めたことを翻したりしないと思う」

「うん。だから今度はぼくらが先生を追いかけて振り回す。いまさら勝手に消えたりさせない。真壁さんと、そう決めたんだ」

「男らしいね、蒲田くん」

そう言いながらも、飯野深雪は眉をひそめた。くっきりした眉と大きな瞳。いつも豪快に笑う唇が真一文字に結ばれている。

前に回って立ち止まり、その手を優しく取って蒲田は言った。

「雨宮先生と仕事して学んだことのひとつは、人生が同じように続く保証はないってことだ。臆病になってる暇なんかない。やるべきことはやらないと……勇気を出して、後悔しないよう」

「そうだね」

と、飯野も頷く。

彼女はそれを知る人だ。辛い日々から抜け出すために全霊で戦ってきたわけだから。そうやって人生を取り返した人だから。

「飯野。ぼくと結婚してください」

ああだこうだと悩むより早く、言葉が口を衝いて出た。いや、魂から溢れ出たというの

が近いだろうか。すると飯野はあまりに自然に、

「結婚します」

と、即答した。大げさに微笑むわけでなく、覚悟を決めたという顔でもなくて、わかっていた事実をまた受け入れるみたいに。

「ほんと……え。これ冗談じゃないよ？」

目を丸くして言うと、

「冗談でプロポーズなんて許さない」

飯野は不器用に微笑んだ。

「私もね、ずっと考えていたんだよね。泣くのも諦めるのも、もうイヤだなあって。だから蒲田くんが告白してくれなかったら、私からプロポーズするつもりだったよ」

なぜか泣きそうになったのは、彼女がどれほど苦しんできたかを知っているからだ。

往来で、蒲田は飯野を抱きしめた。死ぬことも生きることもできなくて、ペットボトルと弁当容器の真っ白なゴミに囲まれて、ただ日々を貪っていた彼女が、今は生きる力で満たされている。そして自分のそばにいて、幸せそうに微笑んでいる。それが蒲田の幸せだ。飯野深雪は生き返り、蒲田宏和は勇気をもらった。その恩人は雨宮縁。

次は縁が自分の命を生きる番だと蒲田は思った。

同じころ。

警視庁捜査一課の竹田刑事は、所轄署の若手刑事を連れて古いアパートの規制線テープをくぐっていた。そこで住人女性が殺害されて、荏原警察署に捜査本部が立ったため、竹田は精鋭捜査員として派遣され、所轄の刑事と組んだのだ。

現場周辺にはテレビ中継のメディア関係者などが待機していて、一種異様な雰囲気に包まれている。臨場するたび滑稽に思うのは、三脚の脇で手持ち無沙汰に時間を潰していた連中が、刑事を見ると慌てて機材に飛びつく様だ。それは舞台袖からスポットライトの下に出て行く役者さながら、『正義の報道スタッフ』を演じているようにも見える。

コの字に囲ったブルーシートをくぐるとき、

「刑事、刑事、竹田刑事、ちょっと話を聞かせてください」

誰かが竹田の名前を呼んだが、立ち止まりかけた相棒を肩で突いて吐き捨てた。

「いちいち反応してんじゃねえよ。何年刑事をやってんだ」

「二年です」

若い刑事は悪びれもせずに答えた。ったく……イマドキの若造は。

被害者の遺体はすでに荏原署に運ばれて、警察医の見分も終わっている。全身に負った傷は二十数カ所。致命傷は鈍器による頭部の外傷だが、犯人はその後も執拗に被害者を傷つけている。

ブルーシートの奥がすぐ居住スペースで、玄関扉は開けっぱなしになっている。交番から応援に来た巡査が脇に立ち、竹田と若手刑事を中へ通した。

鑑識作業の済んだ現場は安っぽい刑事ドラマのセットのようで、日常では見るはずもない血の跡が否応(いやおう)なしに目に飛び込んでくる。捜査会議で現状を知っているのに、竹田がわざわざ現場へ来たのは、厭(いや)な予感がしているからだ。

ここしばらく、都内では不穏な事件が次々に明るみへと引き出されている。それらは事故や自殺として処理されてきた案件で、正体不明のミステリー作家がねちっこく背景を調べて、偽装工作された連続殺人だったと暴いたのだ。

作家は言った。同様の事件が、今もどこかで進行中だと。

なぜならば、人の心を操(あやつ)って殺人に駆り立てる黒幕が、ゲーム感覚で次々に犯罪者を育てているから。そうやって野に放たれた犯罪者たちは、ハンターよろしく獲物を狩ることにまったく罪悪感を持たないのだと。

畜生(ちくしょう)、と、竹田は血痕(けっこん)に視線を送る。まさかと思うが、今回も？

「まさかな」

呟(つぶや)くと、

「え、なんですか？」

と、若手刑事が訊いた。

「なんでもねえ。現場をしっかり頭に叩き込んどけ」

そこは外階段付きの古い二階建てアパートで、上下ともに四室が並び、計八世帯が入居している。六畳、四畳半と簡易キッチン、シャワー室にトイレという間取りだが、八世帯のうち三世帯が単身者、二世帯が同棲カップルで、三世帯が子供ありの家族だという。

被害者は四十代の独身女性で、派遣社員として都内のコールセンターに勤めていた。入居して十年。生活は質素で礼儀正しく、交際相手の影もなく、交友関係も広くない。借金もなく、金遣いが荒いこともなく、近隣住民とのトラブルもなければ家賃の滞納もしていない。今のところは殺される理由が見つからない。

ポケットから靴カバーと手袋を出し、装着してから室内へ入った。

殺害現場と壁一つ隔てた場所では、ほかの住人が暮らしている。アパート前に報道陣が並んでいても、隣の部屋で刑事が何かを調べていても、ここは彼らの生活の場だ。まったく……傍迷惑にも程がある。

無人の室内は薄闇だった。採証活動が終了したので、現場保全のために敷かれたシートや特殊な照明機器は撤収されて、惨劇の跡が剝き出しになっている。壁を探って照明のスイッチを入れると、竹田は鼻をヒクつかせて空気を嗅いだ。

人間の中身の臭いに消毒液の刺激臭が混じり合っている。臨場した担当官の話だと、部屋は最初から漂白剤の臭いがしていたらしい。シャワー室に一ビン程度が撒かれたようだと鑑識官も言っていた。それが血や尿の臭いと混ざり合い、病院の汚物処理室へ来たかのようだ。こぎれいに整えられた室内は、リビングとキッチンの間に血だまりがある。それだけでなく、備え付けの吊り戸棚にまで鮮血が飛び散って、凶行の瞬間を連想させる。

「ここでやられたな」

　竹田の声に、

「どこですか？」

と、未熟な相棒が訊く。竹田は顎で吊り戸棚を指しながら、こいつよりも作家先生のほうが、ずっと話が早ぇがなぁ……と、心で思った。

「ま。何事も経験で覚えるしかねえか」

　ブツクサ言いつつ、教えてやった。

「警察学校で習ったろうが。よく見とけ。血痕の飛び方と方向を……」

「あ、飛沫血痕ですね？　了解です」

　ドラマに出てくる探偵のように腕組みをして、若い相棒は頷いた。

「シンクの壁と吊り戸棚に、おびただしい血痕がありますね。つまり被害者はここに、シンクのあたりに立っているとき、最初の一撃を食らったと」

「そういうことだ」

と竹田は言って、捜査会議に提出された現場写真を思い起こした。おそらく被害者は、犯人に背中を向けてシンクに立っていたとき襲われたのだ。頭部からの出血が天井にまで飛び散っている。

六畳のリビングには卓袱台があって、そこに液体の入ったコップがひとつ置かれていたという。四畳半にベッドがあるが、死亡時の服装はタンクトップとユルユルのショートパンツだったので、事件が起きたのは就寝中か、就寝間近だったはず。薄手のカーディガンがリビングの床に落ちていて、玄関の鍵は壊されておらず、侵入された形跡もなかった。物音や話し声を聞いたという証言もない。何かの理由で犯人が事前に忍び込めたとしても、被害者は着替えているのでクロゼットにいたはずはなく、ベッドはチェスト付きで隙間がないので、ベッドの下にも潜り込めない。トイレかシャワー室に潜んでいたなら別だが。

「羽織は六畳間の床にあったんだったな？」

若手に訊くと、

「羽織？　あ、カーディガンのことですね？　はい」

と、答えた。室内はエアコンが入りっぱなしの状態だった。この暑さだ。誰でもエアコンを点けて寝る。だが布団を出ると肌寒いので、羽織物を用意していたというわけだ。

いや……まてよ……と、竹田は思う。被害者は判で押したような生活をしていた。事件時のシフトは二十一時上がりで、二十二時に帰宅したとして、犯人だってエアコンのない室内に長くいられたはずはない。

「待ち伏せの線はナシか」

と、竹田は呟く。

「なんですか？」

「犯人はインターホンを鳴らしたか、ノックしたって言ったんだ。で、玄関を開けるとき、被害者は羽織物を着て下着同然の姿を隠した」

「あー……まあ、女性ですからね」

「だが死亡時はそれを脱ぎ、またも下着同然の姿になった、と。なぜだと思う？」

「来たのが彼氏だったからじゃないですか？　ちなみにあれは下着ではなくタンクトップです」

「うっせーよ」

家と会社を往復するだけの生活をしていた女に男がいたなら、会っていたのはここだろう。竹田はシンク周りや洗面所を確認したが、歯ブラシはひとつだけだった。聞き込みでも男の存在を匂わせる話はナシだと聞いた。カーディガンはリビングの床に落ちていた。誰かが来てドアを開け、そいつを招き入れてから脱いだ。そしてコップに水を汲み、テーブルに載せた。

「コップの指紋はどうなっていた？」

訊くと若手はすぐに答えた。

「被害者の指紋以外はなかったです」

「だよな」

捜査会議でもそう聞いている。水は被害者自身が汲んだが、口唇紋がないので飲んではいない。俺ならば、と竹田は思う。水を飲むならコップに汲んで、その場で飲んで片付ける。ま、めったにコップも使わんが。

「どうも妙だな、この現場はよ」

床の血痕を避けてキッチンに入った。殴られて噴き出した血は、その瞬間には吊り戸棚や天井を汚すとしても、その後は被害者の顔を伝って流れる。流し台には被害者の手のひらと親指の指紋があったが、血で汚れてはいなかった。

竹田は流し台に背中を向けて、指紋のとおりに手袋をはめた両手を置いた。

「被害者は襲撃直後に振り返り、シンクで身体を支えたってか。もしも相手が彼氏なら、妙な行動だよな、おい――」

若い刑事は首を傾げた。咄嗟の動きに意味などあるかと訊くように。

「――直前に大げんかしていたとかなら別だが、そういう証言は得られていない。こんな安普請のアパートで、誰も騒ぎを聞いてない」

両隣や上の階の音が筒抜けになる部屋を、若い刑事は見回した。子供あり世帯がすべて一階に入居しているのも、騒音に配慮してのことらしい。

「室内も乱れてねえしな。百歩譲って恋人にやられたとして、殴られた瞬間、おまえならどう考える？」

若い刑事は眉根を寄せた。

「どうって……その瞬間は何が起きたか、わからないんじゃないのかな。俺だったら、『え？』ってなると思いますけど」

「だよな？　衝撃だし、痛えしよ、血が噴き出して驚くだろうし、そりゃショックだよ。なら振り返るより先に傷口に手がいくか、その場にへたり込んだりしねえか」

「するでしょうね……え、つまり竹田さんは何が言いたいんですか」

ベタついたおかっぱ頭を振りさばき、竹田は自分の眉を掻く。

「即座に振り返ったのは、次の襲撃を予感したからじゃねえのかな。信頼関係がなかったから、咄嗟に身を守ろうとした」

「どうしてそんなことがわかるんですか」

「どうしてって、おまえ。マルガイの気持ちになってみればよ」

「そうか……確かに色々と変ですね。殺害目的なら鈍器で殴り殺せばいいだけなのに、わざわざ刃物に持ち替えて襲っているとか……ひってえな」

「防御創がなかったから、マルガイは振り向いて、そのまま前のめりに倒れたんだな。あとはやりたい放題だ。背中の傷は二十カ所以上……鬼畜じゃねえか」

言いながら凶行を思い描いた。前のめりに倒れた被害者を、犯人は闇雲に切りつけた。もはや生死に関係なく、刃物の切れ味を確かめるみたいに。

竹田は生前の被害者を知らない。知っているのは見分室に横たわった死体だけだが、誰であれ、あんな殺され方をしていいわけがない。

「やり口はどう見ても怨恨だ。だがな、怨恨ならば周囲が必ず不穏な状況を見ているもんだ……でなきゃ、よっぽど頭のイカれた犯人か」

自分の言葉にゾッとした。

謎の作家・雨宮縁が暴いた事件はどれも、イカれた犯人が起こしていたのだ。

畜生、またぞろ作家先生の喜びそうな事件じゃねえか。

竹田の脳裏で正体不明の作家が化けた美熟女が、赤い唇でニンマリと笑う。

――竹田刑事ったら……早計に答えだけ欲しがるなんてよくないわ。愛の営み同様に、手抜きをしないで向き合わないと……そうでしょう？――

「クソッタレ」

若い刑事が不思議そうな顔でこちらを見たが、竹田は何も言わずにおいた。

血の臭いに敏感なハエたちが、部屋をブンブン飛び回る。天井には血の粒が散り、血だまりは乾いてタールのようで、それをギンバエが舐めている。人を恐れるふうもなく顔に張り付いてくるのが不快でならない。それだけではなく、血の跡はリビングを横切ってシャワー室へ向かう犯人の足跡を描き出していた。土足ではなく靴下で、歩幅から想定できる体格はさほどいいとも思えない。ただ、足の大きさが二十六センチ程度であることから、若手刑事も『犯人は被害者の交際相手』と思ったのだろう。

　だがこれはそんな単純な事件じゃねえ。どこか、何かがしっくりこねえ。チグハグなんだよ。

　竹田は足跡を追ってシャワー室へ向かった。若い刑事もついていく。

　犯人は犯行後にシャワーを使った形跡がある。使用後はきれいに掃除して、漂白剤をぶちまけていった。なんのために？　返り血を浴びた服はどうした？　ご丁寧に着替えまで持って来ていやがったのか？　まさかな。

「何が気になるんですか？」

　若い刑事が竹田に訊いた。

　シャワー室はトイレと隣り合っていて、脱衣所と呼べるほどの空間はない。ただでさえ狭いのに、床には洗濯物を入れるカゴもある。犯人がそこで服を脱いだので、カゴの取っ手に血がついている。シャワーのあと汚れていない服に着替えようにも、二十二・五センチの靴を履く被害者とは体格が違いすぎて服を借りることはできなかったと思われる。汚れた服も見つかっていないし、玄関ドアのササクレ箇所から血の付いた繊維が見つかっている。鑑識の話によれば、犯人は血の付いた服をまた着て出て行った可能性があるという。では、なんのためにシャワーを使った？　汚れたのは服であり、身体ではなかったはずなのに。

「それがわかれば教えてやるが……妙なんだよなあ、理屈に合わねえ」

「はあ。それがベテラン刑事の勘ってやつですか、勉強になります」

わかったような口を利き、彼はワイシャツの腕で鼻を押さえた。

「漂白剤って、たしか証拠隠滅のために使うんですよね」

「んなのは推理小説の話だよ。漂白剤、塩素系クリーナー……証拠隠滅のため着衣に付着した血を分解するってんならともかく、風呂に使ってどうすんだ」

「たしかにそうですね。遺体だって隠してないし、犯人は何を目論んでいたんですかね」

「そこだよ、クソめが」

若い刑事はなおも胡乱に目を動かしながら考えている。

「や……でも……あれじゃないですか？」

そして恐る恐るという顔で、背の低い竹田を見下ろした。

「被害者が感染性とか、変なウイルスを持っていたってことはないですか？　だから殺害後に返り血を浴びた身体を洗う必要があった」

「漂白剤で消毒ってか、バーカ」

竹田は相手の靴先を軽く蹴った。

「くだらねえ漫画の読み過ぎだ。事件はゲームじゃねえんだぞ。よしんばおまえの言うとおりだったとして、だよ？　保菌者を鈍器で殴ってどうすんだ。その後もメッタ斬りにしてんだぞ、消毒の心配するより、体液が飛び散らない殺し方を選ぶべきだろうが」

「あ、そうか……ですよね……」

「しっかりしてくれよ。仏さんが怒るぜ」

その鈍器は見つかっていない。被害者を切り裂いた鋭利な刃物も、まだ特定されてない。一帯は古くからの住宅密集地で防犯カメラはなく、大通りのカメラは現在調べている最中だ。卓袱台にあったコップは鑑識が持ち帰り、中身がただの水だったことがわかっている。アパートの水道水だ。被害者の交友関係やトラブルについては、順次情報が集まるだろう。

それにしても気にくわねえ。と、竹田は耳の後ろを掻いた。

現場にはたいてい違和感がある。それは被害者自身のことだったり、室内の様子や立地だったり、それ以外の何かだったりするのだが、今夜は何も感じない。暮らしぶりを見るにつけても、あんな非道い殺され方をした理由がわからない。

窓に下がったオシャレなカーテン、質素ながらセンスのいい小物やチェスト、起き上がったときに掛け布団を三角形に折ったままのベッド。LEDライトの照明や、ぬいぐるみクッション。スマホやバッグや財布やカードは手つかずで、スマホからデータを消した痕跡もない。

竹田は警察手帳に手を置いて、またかよ……と、心で呟いた。

メーラーに未開封メールが溜まっていく。企画書がまとまっていなくても、会議の時間は近づいてくる。それでも気持ちが乗らないときは、いったいどうすればいいのだろう。

表紙デザインの色校正紙や、まだ確認してないゲラや、処理すべき手紙の束などが積まれたデスクに肘をつき、黄金社ノンフィクション部門の編集者・真壁顕里はパソコンモニターに向かってため息を吐いた。とっとと仕事をこなさないとヤバいのに、どうにもやる気が出ないのだ。真壁が担当する唯一の文芸作品『ハンター・シリーズ』は、二作目の『ネスト・ハンター』まではどうにか刊行できそうなものの、作家が消息を絶ってしまって、その後の予定がまったくつかない。

「ちくしょう……執筆よりも復讐だってか」

気がつくと、また同じことをぼやいている。

そりゃそうだ。そもそも先生が作家になったのは復讐のためなんだから。

縁が消えたのは本丸に斬り込む準備のためだ。そうならば、いったいどうやって復讐を遂げるつもりか、遂げられるのか、そんなことばかりを考えてしまう。以前は事件にむりやり首を突っ込まされて、振り回されて、それに辟易していたというのに、こうして蚊帳の外に放り出されたとたん、進捗状況が気になって仕事がまったく手に付かない。モニターに企画書フォームを表示したまま、キャッチコピーすら打ち込めずにいるのだ。『その未来に希望はあるのか』とか、『文明ボケした人類の功罪』とか、息を吐くように適当なコピーを思いつけた自分が、何ひとつ思い浮かばないとはどういうことか。未知のアメーバーに脳みそを食い荒らされて、スカスカにされた気分だ。

「あれれ？　真壁くんともあろう者が、珍しくも呆けているな。会議すぐだぞ、大丈夫なのか？」

向かいの席の同僚が、立ち上がって覗き込んでくる。

「雨宮縁のハンター・シリーズ、とんでもなく初速がいいんだろ。人気作家の担当は数字が取れて楽だよな。次の刊行はいつなんだ？」

こっちの気も知らずに。と、真壁は思う。

「楽なわけあるか、次を書いてくれるかどうかもわからないのに」

そのうえ所在も不明なんだぞ、とは言わずにおいた。まかり間違って復讐が無事に決着したなら、縁は戻ってくれるだろうか。

同僚は深刻な顔になり、席を立ってデスクを回り込んできた。真壁の隣の席に着き、首を伸ばして声をひそめる。

「……なんで？　なんだよ、トラブルか？」

「そうじゃない。作者都合だ」

「『作者都合』の使い方、間違ってるぞ。それはともかく。話せよ、なんだ？」

もう一度訊いてくる。

説明できたら苦労はないさ。事実は小説よりも奇なりを地で行くハチャメチャな話なんだから。真壁はキーに指を載せ、企画書に適当な言葉を打ち込み始めた。

「体調だよ、体調……あまり煽って壊してもな」

「うわー、そうかー。先生、どこが悪いんだ？」

「はっきりとは聞いてない」

難しい顔で答えると、

「まあな……たしかに雨宮先生はご高齢だしな――」

幸いにも相手は納得してくれたようだった。

「――ガンガン飛ばしていたと思えば、もはや枯れ時……まあなぁ」

自分勝手に満足すると、励ますように真壁の肩に手を置いて、自分の席へと戻っていった。ホッとした。人気作家の雨宮縁は、手がける作品によって姿を変える天才だ。あるときは爺さん、あるときは美熟女、またあるときは少年で、女子高生に化けることもある。黄金社へはデビュー作『今昔捕り物長屋・東四郎儀覚書』の主人公・大屋東四郎に化けて現れるから、同僚は縁を爺さんと思っているのだ。先般初めて開いた作家の公開イベントでは青年だったが、同僚はその会場にいなかった。

「助かったと言うべきか」

真壁はそっと首をすくめた。

企画書に適当な言葉を打ち込んでみたけれど、いつもの冴えは微塵もない。時間切れだと自分に呟き、不出来なフォームをプリントアウトした。

上層部は今日の企画会議にハンター・シリーズの三作目が上がってくると踏んでいるはずだ。けれど縁はもう書かないし、はっきりそう告げる覚悟も真壁にはないから、グズグズとタイミングを模索している。ちくしょう、売り上げ予定の穴をどう埋める？　そう簡単にホイホイと、面白い企画なんか生まれないんだよ。今日の会議は取りあえず、シリーズの好調さを印象づけて乗り切るしかないか。

スカスカの企画書、ノートと手帳を小脇にはさみ、時間を見た。デスクからインク切れでないペンを選んで抜き取り、部屋を出て廊下に立つと、スマホを出した。歩きながらSNSで最新刊『ネスト・ハンター』の予約状況をサーチすると、一作目『スマイル・ハンター』への新しい感想や書評がまだ上がってきているとわかった。

――ヤバ。犯人の動機コワすぎ――

まあ、こんなものだ、と真壁は思う。読者が無償でくれる感想は、ポイント評価だけのものもあれば一言程度のものもある。書評家かと思うほど的確なコメントをくれる読者も希にはいるが、ほとんどが備忘録代わりの呟きだ。それでも真壁はありがたく読む。生の反応であればこそ、そこに戒めやヒントが見つかるからだ。

――雨宮縁のハンター読んだら、むかし近所で起きた事件を思い出して、真相はこれだったんじゃないかって思って震えた。これって○○で起きた○○がモデル？――

「お」

と、真壁は思わず唸った。

縁は地の文の描写が上手い。その場に読者が立たされたように描くから、地名をフェイクにしても現場の情景が目に浮かぶ。ましてその場所を知る者が小説を読めば、これはあれかと思うだろう。自殺や事故と思っていたのが殺人で、その裏にはまだ黒幕がいて、今も継続している陰謀があると知らせること、それを読んだ黒幕が動揺して縁に牙を剝き、縁が黒幕を狩ることこそが、彼が作家になった理由なのだから。

――思いもよらない犯人の思考にゾッとしました。それにしても、似たケースに心当たりがある気がします。雨宮先生ナニモノですか？――

そいつらに家族を惨殺された復讐者だよ。

真壁は心で呟くと、スマホを切ってポケットに落とした。

予測以上に読者は真意を読みとっている。そりゃそうだ。ハンター・シリーズには魂と執念と、先生の怨念がこもっているからな。

もっとサーチしたいところを諦めて、真壁は会議室へと入っていった。

定例の企画会議は可もなく不可もなしという感じで終わった。売り上げ見込みの穴を塞ぐ手立てはまだないが、編集者は俺だけじゃないし、きっとなんとかなるだろう。そもそも面倒くさい先生だから俺に押しつけてきたくせに、今さら書かせろと言われてもなあ。

「数字だけ見て文句言うなら誰だってできるぞ」

吐き捨てながら廊下に出ると、窓越しに街の明かりが見えた。会議が押して、午後七時を回っていたのだ。それでも空はまだ明るい。仕事は山ほど溜まっているが、やる気がないのに残業しても時間と労力の無駄だしな……ぼんやりと外を眺めて考えていると、ポケットでスマホが震えた。

サボる算段をしているときに電話が鳴るとギョッとする。慌ててスマホを取り出すと、画面に『警視庁・竹田』の文字がある。真壁はその場で電話を受けた。

「よう。ヒマか？」

某刑事ドラマの課長みたいな台詞が聞こえた。声は竹田のものである。

「ヒマなわけないじゃないですか。今も会議でバッチリ絞られてきたとこですよ」

「やり手のベテラン編集者でも絞られるのかよ？　大変だなあ、おい」

おべんちゃらと皮肉を交ぜて、「ふふん」と笑う。

竹田さんのほうから電話してくるなんて、どういう風の吹き回しだ？

真壁は今日のニュース報道を思い出してみたが、彼が電話してくるような怪しい事件は思い当たらなかった。

「珍しいじゃないですか。竹田刑事から電話がくるなんて……」

さては何かありましたね？　と、誰もいないのに声をひそめて恩を売る。

「あのなあ、俺がいつでも情報求めていると思うなよ？　たまにはな、こっちからあんたに情報提供してやろうかなーって話だよ――」

竹田は偉そうに低い声を出す。

「――前に真壁のとっつぁんは、帝王アカデミーグループの、月岡玲奈って女帝のよ、ノンフィクション本を出したいって言っていたよな」

怪訝そうに眉をひそめた自分の顔が、廊下の窓に映り込む。たしかに真壁はノンフィクション本を出したい。それが望みで、野望でもある。初めはただの閃きだった。

メンタル事業の最大手である帝王アカデミーグループの社長・月岡玲奈が、高校生時代に自分のストーカーに家族を皆殺しにされていたことを知り、取材して本を出そうと考えたのだ。ところが企画は通らなかった。グループに在籍する医師たちの多くが黄金社から自費出版本を出しているお得意様だったからだ。真壁は意地になって取材を続け、そして新人賞公募という予期せぬかたちで縁と知り合った。

ところが、雨宮縁はジョーカーだった。彼が黄金社の新人賞に応募してきたのは、そこに玲奈のノンフィクション本を出そうとしている真壁がいたからだ。玲奈の家族を惨殺したのは確かに彼女のストーカーだが、ストーカーを操ったのは玲奈自身だと縁は言った。アナタが事件を追っていたから、ボクはアナタをパートナーに選んだのだと。

玲奈のノンフィクション本は出したい。もちろんだ。一家惨殺事件の黒幕が、メディアへの露出が多く、美人で好感度の高いメンタル事業の経営者だったなんてスキャンダルは大ヒット間違いなしなのに、諦めきれるわけがない。

「取材に協力してくれるってことですか？」

皮肉のつもりで訊ねると、意外にも竹田は言った。

「おうよ。あんたの本に貢献できるネタを提供しようって話よ」

無人の廊下で真壁は思わず振り返る。人はいないが、警備室のモニターにうろたえる自分の姿が映っていたら恥ずかしい。だからゆるゆる歩き出す。

「どんなネタです？」

竹田はコホンと咳払いした。

「面白ぇもんを見せてやろうと思ってよ」

「じらさないで教えてくださいよ。なんです？」

「おたくの会社の編集長と、作家先生のファンを殺りやがった左近万真って精神科医のよ、取り調べなんて見たかぁねえか？」

「えっ」

気をつけていたのに変な声が出た。

左近万真は帝王アカデミーグループの精神科医で大学教授だ。メンタルクリニックいけはた病院の娘と結婚して同病院にも籍を置き、犯罪心理のエキスパートとして警察の捜査にも協力し、グループセラピーのファシリテーターなどを育てていた。

但しその実体は大腸をこよなく愛する変態野郎で、月岡玲奈の実母で猟奇殺人犯・吉井加代子の信奉者だった。立場を利用してハンターを育ててもいた。そんな左近が吉井加代子と月岡玲奈に操られ、自らがハンターとなって黄金社の編集長と縁のファンを殺害したのは、つい先日のことである。真壁はスマホを手で覆い、

「見れるんですか」

と、竹田に訊いた。

「あんたは事件の参考人だからな。俺が呼んだことにすれば取調室は見られるよ」

見るだけか……と、真壁は思った。それではあまり意味がない。あくまでも月岡玲奈のノンフィクション本を出したいわけで、左近と玲奈母子の関係を補完する何かが得られなければ、聴取だけ見ても意味がない。

左近が逮捕された後、真壁自身も留置場へ面会取材に行こうと思ってはいたが、左近には接見禁止がついていて面会は叶わなかった。事件の残忍性を考えれば無理もない。優秀な精神科医の仮面を脱いだ左近万真は、もはや自身の残虐性を隠す理性さえ失ったから。

「取り調べを見学するより、自分で接見したいんですがね？　竹田刑事が一緒なら可能では？」

ひと押しすると、竹田は「あ？」と、厭そうな声を出す。

「見るだけじゃ足りずに話してえってか？」

「警察の取り調べを見ても、なに一つ本には書けないですからね」

竹田はしばらく無言になって、

「……ったく、あの先生に似てきやがってよ」

と、ブツクサ言った。

「まあな、確かに……見学しても本に書くのは御法度だからな。接見して直接話すほうが実入りはいいか……ところでよ」

ほーら来た。と、真壁は思い、灰皿が置かれている非常階段の踊り場に出た。沈みきれない太陽のせいで周囲のビルはオレンジに染まり、熱いビル風が吹き上げている。

「耳に入っているか知らねえが、またぞろクソッタレな事件が起きてよ」

外に出て、暑さにうんざりしながら汗を拭く。心許ない頭髪が風に弄ばれている。

「クソッタレな事件ですか？　いや、耳に入っていませんね。いつの話です？」

検索しようにもスマホで話し中なので訊く。

「ああ……殺人事件が起きたことしか報道してねえかもな。でな？　あんたや先生がよく言う『ハンター』ってのは、見分ける方法、あんのかよ」

寄りかかろうとした壁があまりに熱くて、非常階段の鉄板は半熟卵が焼けそうだ。それでも真壁は我慢して、懸命に頭を回転させた。竹田は条件を出している。左近万真と接見させてやる代わり、縁の智恵を拝借したいということだ。

「方法は、先生にしかわからないんじゃないですか？　そもそもどんな事件が起きたのか、私はまったく知らないんですけど……今日のニュースでやっていたかな」

「品川区でよ、四十代の独身女性が殺されたんだよ。まだ、おおよその調べしかついていねえが、殺害現場はマルガイの自宅で、犯行時刻は本日未明。着衣あり。直接の死因は鈍器による頭部損傷だが、全身に二十数カ所の切り傷が」

「怨恨ですか？」

「素人が、知った風な口を利くんじゃねえよ。そう簡単に動機がわからねえから俺たちが、だな」

「そうですが、それだけでハンターの仕業かと問われても」

「たしかにな」

「ハンターなら次の犠牲者が出るか、過去にも同様の事件が起きていると思いますがね。それに、そもそもハンターは殺人の痕跡を残しませんよ？　それは明らかに殺人事件じゃないですか」

「そうなんだがよ……どうにも俺には引っかかるんだよ。あんたに言われて先生の小説を読んだせいかもしれないが」

「雨宮先生は事件の類似性から判断していたんじゃなかったかな」

「どう見ても殺人だが、引っかかるんだよ」

「何に引っかかるんですか」

「そこが上手く言えねえんだなあ。あんたと同じで捜査本部は怨恨の線で調べてるがよ、俺はこれで済まねえって気がするんだよ。強いて理由を探すとすれば、今のところマルガイには、あんな惨い殺され方をされる理由がねえ。たまたま街で姿を見かけて、頭のイカれた野郎が襲ったってこともあるかもだが、現場がどうにもチグハグで、胸騒ぎがするんだな。こんな事件がまた起きるかもと思ったら、放っとくわけにいかねえだろう？」

「まあそうですね。ただ、世の中にイカれ野郎がけっこういるのは、残念ながら真実です」

「現場を見れば何かわかるか？」

「俺に訊かないでくださいよ。俺はただの編集者なんだから」

「ちげえねえ……先生は忙しいのかよ。久しぶりに作家先生に会いてえんだがよ」

そうなるよな。と、真壁は林立するビルを見た。夕日のせいで右も左も燃えているようだ。竹田の望みを聞こうにも、雨宮縁は消息を絶った。メールも電話も通じない。住んでいた建物は競売にかけられているし、借りていた事務所も取り壊された。それどころか、目の前に縁がいたとしても、それが縁だと知る術もない。

雨宮縁は仮面を脱がない。あるときは『今昔捕り物長屋』の大屋東四郎、あるときは『黄昏のマダム探偵』の響鬼文佳、あるときは『サイキック』のキサラギになって現れる。すべてのキャラに共通するのは、片足をわずかに引きずる癖だけだ。会わせる術などないというのに、真壁は竹田に請け合った。

「わかりました。左近万真と接見できたら、秘書の庵堂さんに頼んでみますよ」

抜け目ねえなあ、と言いながら、竹田刑事は通話を終えた。

翌朝。

真壁は神保町駅で竹田と合流して神田警察署の留置場へ左近を訪ねることにした。三つの路線が交差する駅は相変わらずの混雑ぶりで、ムシムシとして不快指数も高かったが、真壁はむしろ高揚していた。本を書くためのネタがどんどん集まってくる。ノンフィクション本の神様から、ようやく『書いていいぞ』とお許しが出たような感じだ。流れが来たと真壁は思い、まだ書いてもいないうちからヒットの予感に興奮した。

『成功者月岡玲奈が抱える凄惨な過去』という程度の企画は、『成功者月岡玲奈の本性を暴く』という切り口に変わり、今や、『犯罪者月岡玲奈を産んだ猟奇犯・吉井加代子とその背景』に大化けした。帝王アカデミーグループの総帥・月岡玲奈が、稀代の猟奇殺人犯・吉井加代子の娘だったと暴くだけでもミリオンセラーは固いだろう。

日傘やタオルやハンカチを手にして行き交う人々の向こうから、背の低いおかっぱ頭の中年男がやってくる。こんな陽気でも上着を着込み、相変わらずの仏頂面だ。

額の汗をハンカチで拭いて、竹田に向かって片手を挙げると、相手はチラリとこちらに目を上げ、無言で脇を行き過ぎた。いつものことなので真壁も後をついていく。列車の音や信号機の音響に人いきれ、ジリジリと照りつける太陽や、埃の臭い。喧噪の中を行きながら、真壁は左近万真という殺人犯を思い出す。

彼は崇拝する吉井加代子に縁を捧げようとして失敗し、竹田刑事に逮捕された。とんだドジを踏んだと悔やんでいるかもしれないが、そもそもその犯行は、吉井加代子と月岡玲奈が左近の顕示欲を利用して実行させたものである。自身の患者をハンターにしていた左近は、己が同様の目に遭わされたことに気付いてもいない。プライドの塊のような左近にそれを教えたらどうなるか。

意地悪な感情に酔いながらも、イヤ待て、それはマズいと自分に言った。余計なことをして縁の妨げになってはいけない。縁の復讐作戦に於ける自分の役目は、縁に振り回されるだけの編集者なのだから。

留置場の廊下はエアコンがなくても寒々しい。空気は冷えていないのに、世間と隔絶された無機質さに気持ちが凍えるからだと思う。

その廊下を刑務官に連れられて、真壁と竹田は歩いていく。

「あんたはよ、いったい左近に何を訊きたいんだよ」

真壁より少し前を行きながら、竹田が訊いた。

「吉井加代子に傾倒する理由ですかね。竹田さんは吉井加代子を知らないんでしたね」

「作家先生の本を読まされたんで、いちおう調書は当たってみたがな、たいしたことは書かれてなかった。自分の子供やら、夫の両親やら、八名の殺人と十七件の暴行罪……ま、異常っちゃ異常だが、心神耗弱が認められたこともあって、ニュースなんかで異常性が取り上げられることもなかったようだな」

「彼女の心神耗弱を判定したのは帝王アカデミーグループの医師なんですよ。それに、善意から吉井の治療に関わっていた最初の医師は、一家惨殺事件の被害者になってます」

「想像力の達者な作家先生が『陰謀臭え』って言うわけだよな、たしかにな」

「調べれば調べるほどゾッとすることばかり出てくるんです。吉井加代子はバケモノですよ。それを左近は神様みたいに崇拝している。あの女に傾倒するあまり、治療すべき患者をハンターに変えて、まさに『事実は小説よりも奇なり』です」

「うむ。まあ、だがな、左近の調べはこれからだ。アレがハンターを育てていたとか、この段階では、まだ臆測でものを言うなよ？　俺の立場もあるんだからよ」

「それは承知しています……でもねえ……つまり、アレなんですよ」

　真壁は俯きながらボソリと告げた。

「俺は吉井加代子に会ってるんですよ。奥多摩（おくたま）の特殊精神科病棟で」

　竹田は呆（あき）れ顔で振り向いた。

「編集者ってぇのは、そんなとこまで出張（でば）ってんのか……で？　どうだった？」

　思い出せば真夏でも体感温度が五度下がる。真壁は複雑な顔で言葉を探した。バケモノ以外に、彼女をなんと形容すればいいのだろうか。

「人生で出会ったことのないタイプでしたね」

「美人なのかよ？　まあ、月岡玲奈は美人だもんな」

　吉井も顔立ちは整っている。けれど気配がもう、人間のそれじゃないのだ。彼女は自分の前歯をヤスリで研いで、夫の頸動脈を嚙み切った。真壁が面会したときは、前歯が口中を傷つけないようプロテクターを装着していた。短く刈り上げた髪に筋張った肢体、渡した名刺をつなぎの下腹部に挿し入れて、目の前で全裸になると、悠々とシャワー室へ入っていった。たしかに女の身体はしていたが、女ではなく、人でもない。悪意の塊、静かな殺意、嘲りと嘘……侵食する毒だ。

「竹田さんも会ってみたらどうですか？　怖くて女性と話せなくなると思いますがね」

「あんたは話せなくなったのか」

「いえ。まあ、あれですけど」

　フンと竹田は鼻で嗤った。

「人間ってえのは、善良そうに見えてもよ、腸に鬼を飼ってるもんだよ。刑事やってりゃ、反吐の出そうな事件ばかりだ」

　いや、刑事であっても吉井加代子には驚くはずだ。あれはそんな生やさしい存在じゃない。真壁は心で思ったが、敢えて口には出さずにおいた。

　案内の刑務官が扉の前で振り返る。

　そばまで行くとドアを引いて真壁らを入れ、またドアを閉めて姿を消した。

面会室は、透明な仕切り板をつけたカウンターが入口と平行に設営されて、三脚のパイプ椅子が壁際にたたんで立てかけてあった。一度に面会できるのが三人までだからである。

真壁と竹田はそれぞれ自分の椅子を持ち、仕切り板に空いた穴の左右で椅子を広げた。壁は白色、カウンターも天井も白色で、幅木と仕切り枠だけがアイボリー。白紙に紙テープで描いたような部屋だと思う。

着席して数秒後、仕切り板の奥のドアが開き、刑務官が左近万真を連れてきた。高級そうなスエットの上下を身につけて、髪は白髪、メガネはかけていなかった。縁を襲ったときに反撃されて負傷した手首に湿布を貼りつけ、それでも背筋をシャンと伸ばして、尊大に椅子に座った。

接見内容を記録する刑務官がテーブルに着くのを待ってから、真壁は軽く頭を下げた。

「どうも……黄金社の真壁です。手首の傷はどうですか?」

左近は真壁を睨み付け、「はん」と、鼻を鳴らして恨みがましく言った。

「きみらのせいで妻から離婚を言い渡された。おかげで誰も面会に来ないし、下着や現金の差し入れもない。ぼくに何か喋らせたいなら、相応の礼をしてもらいたい」

「薄謝であれば検討しますよ」

「是非に頼むよ」

左近は顔に薄笑いを張り付けている。残忍ながらも臆病で、そのくせ肥大した自尊心の持ち主だ。神と崇める吉井加代子を殺害し、その腸を弄ぶのが夢だと白状していた。こいつは彼女のことをなんでも知っている。偏執的吉井フリークだから。

真壁は自分の態度が怯えて見えないよう気をつけた。ノンフィクション本の企画が通らない限り取材費を引っ張ることはできないが、自腹を切ってもいいと考えていた。

「早速ですが、今日は左近先生に教えて欲しいことがあって伺いました。吉井加代子について」

左近のように尊大なタイプは下手に出る作戦が効く。だから真壁は左近に『先生』をつけて呼ぶ。案の定、吉井の名を聞いたとたん、表情が熱を帯びてきた。

「先生はずっと彼女のことを調べてきたと仰ってましたね？　裁判すらも傍聴したと。私も調べてみましたが、吉井加代子については情報がほとんどなくて……」

竹田は横に掛けたまま、完全無言を決め込んでいる。こういうところが侮れないと真壁は思う。

「心神耗弱で精神科病棟にいる女だからね。情報などなくて当たり前だよ」

彼の瞳が潤んでいく。真壁もたたみかけていく。

「そうなんです……公になっているのは、自分の子供と夫の両親の殺害容疑……でも、本当にそれだけでしょうか。彼女の周辺には不可解な死が多すぎる」

「まちたまえ」

と、左近は言った。疑り深そうな顔をして、彼は真壁をじっと見る。

「きみはなぜ、ぼくではなく吉井加代子について訊く?」

「左近先生ほどの人物が、吉井加代子ごときを崇拝しているのが不思議だからです。先生にとって彼女はただの患者ですよね？　それなのに」

「なるほどな」

と、左近は言った。

「ぼくと彼女の関係を、凡人は理解できまいな」

「あなたはなんでも知っている。公にされない加代子の事情もご存じなのではありませんか」

「それを聞いてどうするね？」

あざ笑うような目で左近は訊いた。

「私はあなたが襲った雨宮縁の担当編集者です。あなたが間違えて殺した編集長の同僚でもある。いわば事件の当事者です。だから事件を本に書いて残したい。それにはあなたの犯行動機が不可欠だ。当然ながら吉井加代子のことも知りたい」

「出版社はハイエナだな。売れると思えばなんでも本にするんだから」

「仕事ですから――」

と、真壁は答えた。

「――どうでしょう。この本はあなたの、吉井加代子へのラブレターになる。先生は吉井加代子研究の第一人者だし、吉井本人より先生のほうが彼女の深層心理に詳しいとも言えるのでは」

まんざらでもなさそうな顔をして、左近は自分の髭に手を置いた。

が、それだけだった。

「彼女はどういう人物ですか？　出生や生い立ちはご存じで？」

前のめりになって真壁が訊くと、ようやく左近はチラリと竹田に目をやって、

「吉井加代子は偽名だよ」

と、いきなり言った。

「あの女は無戸籍者で、名前もない。秩父の山奥で集団自殺したコミュニティで生まれ育ったのだと思う。一般社会と隔絶し、独自の規律を守るカルト集団。夫は外部からやってきて、そこで二人は知り合ったのだよ」

「集団自殺のコミュニティ」

真壁は呟く。その事件なら知っている。死亡したのは老若男女合わせて二十三名。雨宮縁はその事件すら、加代子が起こしたと疑っていた。

「全員が奇妙な呼び名で呼び合うんだよ。『世を統べる者』とか、『よき声で鳴く者』とか、『土から生じさせる者』とかね。コミュニティのリーダーはメンバーを家族と呼ん

で、世俗的な名前を持つことは許さなかった。個人ではなく共有物として存在するのが正しいという論理だな。ちなみに吉井加代子の呼び名だが、最初が『ソレ』、後に『アレ』、コミュニティが崩壊するころには自ら『サタンの娘』を名乗っていた」

「じゃあ、吉井加代子という名は誰が？」

「自称だよ。男のアレをちょん切った阿部定事件から取ったものだとぼくは思うね。吉井昌子、田中加代、どちらも阿部定が使った偽名で、それを適当にくっつけたんだよ。たぶんね」

「阿部定に憧れて？」

「有名だったからだろう。吉井加代子は他人に憧れたりせんよ。自分が神なんだから」

知らなかった。件の事件は犯人が美貌の持ち主であったことや、事件のセンセーショナルな手口から有名になったが、阿部定本人は一途で素直で騙されやすい女性であったと聞いている。吉井加代子とはまったく違う。おそらく吉井は事件の猟奇的な面だけをなぞって自分の名前に用いたのだろう。左近はニタリと唇を歪めた。

「あれは神を冒瀆するために生まれた女だ。支配することが快感で、そのためだけに生きている。凡人に彼女の思考はトレースできない。超越した存在なのさ」

「そのコミュニティの集団自殺について、左近先生は本当に自殺だったと思っていますか？」

「思っていない。彼女の思考を探ればわかる」

左近は竹田の顔に目をやって、警察官をあざ笑う。

「警察が自殺で処理したおかげで、吉井は日本の警察が無能であると知ったのだ。それが自信につながった。いいかね？　ぼくはコミュニティも調べたよ。オウム真理教のように過激な行動はなかったとしても、あれは『世を統べる者』が欲望に駆られて作ったおぞましき独立世界だ。一般常識に縛られず、やりたい放題をやるための」

「どういう教義の集団ですか」

「様々な宗教をごちゃ混ぜにして、都合のいいところだけをくっつけた……そんな感じだろうかね。コミュニティとはつまりサバトだよ。悪の崇拝者が悪そのものと交わる場所だ。吉井加代子はそこで生まれ、そうした価値観の中で育った。殺人が奪うのは命だが、そんな程度は誰でもできる。真に価値があるのは命より信念、愛情や正義、精神なのだ。きみは新約聖書を読んだことがあるか。アダムとイブに智恵の実を食べさせて、サタンが神から奪ったものは、神への信頼と服従だ。命は人にも奪えるが、信念を奪うことは神か悪魔にしかできない。それこそが、人の生き死にを自在にできる神や悪魔が真に欲しがるものなのだよ。だから吉井は支配にこだわる。魂の支配にね。傾倒させて、操って、存在も生い立ちも破壊して穢(けが)す。それが楽しくてならないんだよ……集団自殺事件など小手調べにすぎない。コミュニティを分裂させて、互いに殺し合うよう仕向けて力を試した。遊びだよ」
左近は次第に高揚してきた。時々唾を飛ばしながら、今は前のめりになって喋ってい
る。
「きみは集団自殺がどんなふうに実行されたか知っているか？　知らんだろうな。報道さ
れてないからな」
真壁が無意識に竹田を見ると、彼は左近を睨みつけたまま、ブチブチと自分の鼻毛を抜
いていた。
「……服毒自殺とかじゃなかったんですか？　俺はてっきり……」
過去に海外で起きた同様の事件は服毒自殺がメインだったと記憶している。コミュニテ
ィの全員が、新しい世界に旅立とうという教祖の言葉を信じて毒を飲んだのだ。
「警察の調書にはどう書いてある？　焼身自殺、もしくは建物に火を放って焼死。そんな
程度のことしか記録されていないだろうな。だが、服毒したのは『世を統べる者』だけ
で、ほかのメンバーは殺し合いだよ。当時、加代子は十代で、それなのにメンバーすべて
に影響力を持っていた。親に子供を殺させて、親同士は殺し合いをさせたんだ。コミュニ
ティに火を放ったのは加代子と夫だと、ぼく自身は思っているがね。火は周辺の山々にま
で燃え広がって、警察が見つけられたのは性別もわからないほど黒焦げになった死体だけ
だよ」

「左近先生は、なぜそんなことを知っているんです？」

左近は笑った。

「コミュニティの生き残りから聞いたのさ。そいつはぼくの患者だったからね。もちろんすぐに話したわけじゃない。催眠療法など手を尽くして聞き出したんだ……震えたねえ――」

と、舌なめずりする。

「――そして彼女に魅せられた。研究対象として調べ始めたのはそれからさ」

「どうして警察に真実を知らせなかったんです」

「なぜ警察に？　方法がどうであろうと集団自殺は集団自殺だ。蒸し返して誰が喜ぶね？　バカを言っちゃいかん。吉井加代子はコミュニティメンバーの魂を喰らってこちらの世界に解き放たれた。それが結果で、出来事のすべてだ」

「コミュニティを破壊する必要があったんですか」

真壁の言葉に左近は頷き、ニタリと笑った。

「吉井の夫は『外から来た者』だ。コミュニティ以外の世界を知っている。彼女は夫と出会ったことで外への興味を持ったのだろう。それを『世を統べる者』に止められた。誰かが外に出ていけば、コミュニティの存続が危うくなるからね。吉井は納得しなかった。しかしコミュニティの人数は多く、統制も取れている。そこであの女は、企みなどおくびにも出さずに準備を進め、機が熟すのを待って決行したのだ。仲間たちに悪意を吹き込み、猜疑心を抱かせ、何かとても価値あるものを誰かが独占していると思わせた。エデンでサタンがイブを誘惑し、智恵のリンゴを食べさせたのと同様の手口だな。吉井のやり方には惚れ惚れするよ。チャンスが来るまで静かに待つし、何年かかろうと関係ないんだ。一方で己の快楽を邪魔する者は決して許さない。まさにサタンの娘だな」

「彼女に子供はいましたか？　夫の実家で発見された赤ん坊や子供の遺体のほかに」

「いたろうね」

「それは夫との間に生まれた子供ですか？」

「言ったじゃないか。コミュニティではすべてが共有物だと。子供を産める身体になればすぐに子供を宿したはずだ。私は彼女の裸を見たが、下半身はズタズタだったよ」

　真壁もそれを思い出してゾッとした。あの傷はなんだろうと思ったが、おぞましくて想像を拒み、すべてに蓋をして平静を保っていたような気がする。庵堂の前で吐きそうになった気持ちがまた蘇ってきて真壁を苛む。

「一般的な価値観で判断しようとしても、それでは彼女を理解できない。吉井が育ったコミュニティでは、命さえ自分の持ち物ではなく、他者もまた何一つ持たない。よって『誰々の子』という感覚もない。『誰々の命』という感覚も。強いて言うならすべてを持つのは神であり」

「吉井が神だと言うんですね？」

「そう。我々の価値観に照らして言うなら悪の神、サタンの娘さ」

と、左近は笑う。真壁は吉井加代子の思考の一端がようやく見えたように思った。

「コミュニティを抜けた加代子は夫の実家で家族と暮らし、そこで産んだ子供も殺していますね。夫の両親も殺害している」

　育てたのは玲奈だけだと縁は言った。生まれながらに狡猾で残忍だった玲奈は、おめがねに適って生かされたのだと。けれど左近はそれを知らない。帝王アカデミーグループの社長が加代子の娘であると知る者はない。医師だった縁の父親が玲奈を憐れんで加代子から引き離し、自分たちの実子として戸籍に入れて育てたからだ。それこそが加代子の企みであるとも知らずに、カッコウの雛を迎え入れ、そして全員惨殺された。

　真壁は言葉を選んで訊いた。

「もしも殺害しなかった子供がいたとして、吉井はその子に何を望むと思いますか？　吉井にも人間らしい部分が残っているとか」

「ないね」

と、左近は即答する。あの女のことなら本人よりも理解できているという顔で。

「吉井加代子に常識を当てはめるなと、何度言ったらわかるんだ？　彼女が子供を産んだとすれば、堕ろすのが面倒くさかったか、膨れた腹を利用するためとしか考えられない。

万が一、育てた子供がいたとして、それは子供ではなく奴隷だよ。そうだな……たとえばその子が利発で見目麗しく、希望に満ちた個体だったとする。その場合は生かしておくかもしれないが」

「それを愛情というのでは？」

　左近の答えは違っていた。

「吉井加代子の思考は違う。相手が優秀であればあるほど、苦しめて快感を得ようとする。だから殺さず生かしておく。夫を連れてコミュニティを出て、その実家で暮らしたことからもわかるだろう？　夫にトコトン自分を愛させ、自分のための殺人を強要するんだ。両親を殺害したのは夫だよ。そうやって、相手の心と正義と価値観を歪めていくのが快感なんだ」

　本気で吐きそうになってきた。

「利用したってことですか」

「利用？　いいねえ。彼女にならば利用されても本望だ」

　その夫も加代子は殺している。病院へ見舞いにきたとき、頸動脈を嚙み切って。

「吉井が子供を育てた場合、それは子供が絶望を理解できる年齢になるまで待ったにすぎない。もしくは利用価値があり、そのために生かしておいたに過ぎない。すべては気まぐれだ」

ブチッと、ことさら大きな音を立てて鼻毛を抜くと、竹田はそれをカウンターに吹き飛ばした。

吉井加代子と月岡玲奈は互いに犯罪でマウントを取り合っていると縁は言った。たぶん縁の言うとおりだろう。胸くそ悪さが止まらない。それは目の前の左近万真に対しても、だ。加代子を悪と断定しながら崇拝している。なんなんだ。真壁は本当に訊きたかったことを訊ねた。

「左近先生。そんなバケモノみたいな女に、あなたはなぜ惹かれるのですか」

くだらない質問だとあざ笑うために、左近は真っ直ぐ背筋を伸ばす。

「そりゃ、きみ。吉井はカリスマだからねえ。心理学を学んだこともなく、肥だめから出てきたような生い立ちのくせに、二十三名を死に追いやって、夫やその家に取り入って、関係する者を次々に不幸にしていくなんて。そんなことは普通の人間にはできないよ。あれは君臨する悪そのものだ。しかもとびきり魅力的な造形ときている。ぼくは彼女に会ったがね、傷だらけの裸体といい、あれほどゾクゾクしたことはない。彼女を理解できるのはぼくだけだが、ぼくのほうが優れている。だからぼくが彼女を救ってやるべきだと思わないかね」

「どうやって？　あなたは殺人容疑で収監されて、吉井加代子は病院にいる。治療もカウンセリングも、もうできません」

「常識の枷にとらわれた者は惨めだな。さっきから何度も言っている。ぼくと彼女はひとつだと。どこにいようと関係ない。ぼくのほうが彼女より上だと証明するだけでいいんだ。そうすれば、彼女は自己の呪縛を逃れて救われる。それができるのはぼくだけだ」

　ギラギラと熱を帯びた左近の瞳に狂気を感じた。縁に襲いかかってきたときも、同じような目をしていたなと思う。吉井加代子の殺意は凍り付くほどの静寂だが、左近のそれは軟体動物の粘膜だ。それが加代子にへばりつき、窒息させる様を思い描いてゾッとした。

「もうひとつだけ」

　腰を浮かせて真壁は訊いた。

「左近先生は、ご自分のセラピーに通う患者の中から潜在的犯罪思考を持つ者を選んで後押ししていましたね？　彼らをハンターに仕立てて……」

「ノーコメントだ」

　と、ニヤつきながら左近は言った。それが自分の勲章だとでも思っている顔で。

「時間だぞ」

　竹田に脇を突かれて、真壁はそのまま席を立つ。その代わり、

「自分は知っているんですよ――」

　と、左近に伝えた。

「――あなたが笑顔を狩るハンターと、巣を狩るハンターを育てたことを」

「それは天晴れな発想だねえ。本になったらぼくにも一冊送ってくれよ？　たしかに本になったらな」

もう何一つ答えもせずに、真壁と竹田は部屋を出た。

左近万真の不気味さが全身にへばりついてくる。ヌルヌルの粘膜に覆われたのは自分ではないのに、真壁は心の底から疲れを感じた。

第二章　檻の中の殺人者

ようやく暮れてきた街を、真壁はわざとトボトボ歩いていく。

蟬すら日暮れを待って鳴き出す都会の夏は、アスファルトから未だに熱波が立ち上ってくる。行く手は北品川駅近くの心療内科で、左近の元妻の父親が院長を務める『いけはた病院』だ。真壁が患者となって同病院のグループセラピーに参加しているわけは、消息を絶った縁を待ち伏せて、会うためだ。

ハンター狩りが大詰めにさしかかり、縁が何をどうするつもりか、蒲田と頭を突き合わせて考えた。俺が何年あなたの担当をやってきたと思ってんですか。

「……心中すべてお見通しだ」

縁のデビュー作、『今昔捕り物長屋』の決め台詞を呟いた。

左近がハンターを育てた『いけはた病院』を張り込んでいれば、必ず縁は現れる。潜在的犯罪思考を持つ者に化けてセラピーに通い、自身がハンターにさせられることで相手の手口を証拠とするのだ。縁ならきっとそうするはずだ。そして真壁は縁を捉えた。少し前のことだった。

　セラピーに現れた縁は、ボサボサの髪に薄汚い服を着て、挙動不審なイカれ野郎に化けていた。石崎正（いしざきまさし）の偽名を使い、『怖いものは植木鉢』『女の腕が生えるから』などと、突拍子もない発言を披露（ひろう）した。その不気味さは、真壁ですら縁を嫌悪（けんお）したくなるほどだった。

「まったく」

　真壁は嗤（わら）って気分を変えた。セラピーに潜入するために自分も病んだ人間を演じてはいるが、せいぜい髪を乱してネクタイを緩め、ワイシャツのボタンをかけ間違えるなどしてだらしない印象を演出する程度に過ぎず、縁のようには到底できない。あの底冷えするような異常性を出せるのは、縁という人物の中に地獄が存在するからだ。地獄……そりゃそうだ。幸せな家族を、家族と信じていた人物に、ある日突然破壊されたら……しかも犯行理由がただの『遊び』や『気まぐれ』や『マウント』だったと知ったなら、

「俺なら憤死（ふんし）していたよ」

　上着のポケットに手を突っ込むと、真壁は足を引きずりながら病院の夜間通用口へ向かった。今はグループセラピーに参加することだけが縁とつながる唯一の方法だから、月に二回のセラピーで石崎正を待つほかはない。守衛室に備え付けの専用機器にＩＤカードをかざすと、ピッと音がしてゲートが開く。真壁は薄暗い廊下を進んでロビーに出ると、ボ

タンを押してエレベーターを呼んだ。

院長の娘と離婚するまで、ここでセラピーを監修していたのは左近だ。参加者の中からハンター予備軍を選び出し、個別カウンセリングに招いて心の闇を吐露させた。同情し、協調し、闇を完全肯定し、おぞましい渇望が表出するよう操った。そうしてハンターが作り出されて、放たれて、無関係な人々を狩った。縁が暴くまで、その行為は事件にすらなっていなかった。

エレベーターは病院の四階にあるホールで止まった。

そこがセラピーの会場である。帝王アカデミーグループに属するいけはた病院は、院内に研修会や講演会に利用できる立派なホールを備えているのだ。

エレベーターのドアが開くと、ホール手前の喫茶コーナーに飲み物や菓子が準備されている。アロマオイルのような香りは喫茶コーナーで提供されるハーブティーで、真壁はあまり好みではない。ホールには円形に椅子が並べられ、病院スタッフと、セラピーを仕切るコーディネーターの篠田麗が参加者たちを出迎えていた。

「こんばんは真壁さん。今夜も来てくれてありがとう」

篠田麗は三十八歳。医師免許を持っているはずが、ここでは医療スタッフの責任者という触れ込みだ。背が高く、ストレートの黒髪を一つに束ねて、いつもスラックスを穿いている。平たい顔で化粧っ気はないが、唇だけがいつも真っ赤だ。

「こんばんは、篠田さん」

真壁はくぐもった声で言いながら、わざと不器用に会釈(えしゃく)した。

「お疲れみたいね……プログラムの前にお茶を飲む？」

コーヒーは好きだがハーブ系の飲み物は性に合わず、真壁は一度もお茶を飲んだことがない。そもそも匂いがダメで、日本人なら日本茶を飲めと言いたくなる。

「いえ、けっこうです」

と、素っ気なく答えてホールへ進み、円形に置かれた椅子のひとつに腰掛けた。

縁が化けた石崎正はまだ来ない。いい加減でだらしないヤツだと印象づけるために、セラピーをすっぽかすつもりだろうか。その場合は竹田刑事との約束をどうすればいい？

真壁は考え、本当に暗い顔になる。

こんばんは、何々さん。こんばんは、よく来てくれたわ。スタッフや篠田の声を背中に聞いて、振り向くことなく、自分の爪をいじって縁を待った。月に二度だけとはいえ、網を張って会える機会をモノにしたのに、待たされるのはまたも自分か。

ブツクサとそんなことを考えているうちに、グループセラピーは始まった。石崎正の席は空(あ)いたまま。作戦なのか、もしや体調不良になっているのか。それとも自分が知らないところで縁に何かあったのか。

「いや、まさか」

真壁は頭の中で言う。縁には秘書の庵堂がいる。腕のいい外科医であるだけでなく、用心棒としても申し分のない男だから、万が一にもそんなことになっているはずはない。チラリと空席に目をやったとき、篠田麗が真壁に訊いた。

「何か気になりますか？　真壁さん」

いきなり名前を呼ばれるとドキリとする。真壁はしどろもどろになりながら、

「なんでもないです。篠田さん」

と、素直に答えた。セラピーでは互いを『さん』付けで呼ぶ決まりだ。

「真壁さんは、新しい人がまだ来ていないのが気になっているんじゃないかしら」

品のいい心身症の老婦人が横から言うと、

「あら、そういえば」

と、篠田もエレベーター近くにいるスタッフを見た。

「石崎さんは来ているわよね？　ＩＤが認証されているもの」

そうなのか？　真壁はエレベーターを振り向いた。ほかの参加者が手を挙げる。

「その人ならロビーに座ってましたよ」

「下のロビーに？」

参加者は頷いた。

「ちょっと様子を見てきてくれない？」

言われてスタッフの一人がエレベーターに乗る。

ザワつき始めたメンバーたちをザッと見回し、篠田は優しげに微笑んだ。

「私たちは進めましょう。石崎さんのことは心配しないで……みなさんは、頑張ってここまで来られて偉いです。最初はきっと家を出るのもやっとだったことでしょう。やがて病院までやってきて、ロビーを通ってエレベーターを呼び、グループに入って、今はみんなと話ができるようになりました。素晴らしい。石崎さんはロビーへ来るので精一杯だったのかもしれません。でももしも、スタッフと一緒にエレベーターに乗って、ここまで来られたら、拍手で努力を称えましょう」

まばらな拍手が起きたとき、エレベーターの扉が開いた。しかし石崎正の姿はない。

「ロビーにはいませんでした。確認したら五分程度で帰ってしまったようです」

篠田はこれ見よがしに首をすくめた。

「それは残念。でも病院までは来れたのだから」

そして自らの拍手でその場にいない相手を称えた。

セラピーが終わると参加者は喫茶コーナーで談笑をする。むしろそちらが楽しみで通ってくるという心身症の老婦人のような者も多いが、真壁は会場に現れなかった縁のことが気になって、早々にエレベーターに乗り込んだ。

病んだ心の人物を長時間演じ続けるのも苦痛だし、縁の真似はとてもできない。エレベーターのドアが閉まるとき、篠田は微笑みで真壁を見送った。

一階ロビーに降り立つと、夜間通用口へ進んで専用機器にＩＤをかざし、モタモタと夜の街に出た。院内にはカメラがあるから、外に出るまで油断は禁物、心ここにあらずという歩き方を通す。

病院から最寄り駅へ向かうには、横一列に並ぶ建物に一カ所だけ開いた隙間に潜り込むのが早道だ。上着が壁にこすれるほどの狭さであるうえ、真っ暗でネズミが出そうな場所なので普通の人は入り込まないし、当然ながら道ですらない。その場所の手前まで来ると、真壁はポケットから手鏡を出して背後の通行人が途切れるのを待った。手鏡で尾行者を確認するのは刑事の竹田が使う手で、鏡も彼からもらったものだ。後ろに酔っ払いの群れがいたので、ゆっくり歩いて先に行かせる。そして次の歩行者が来る前に、真壁は隙間へ飛び込んだ。

照明もないビルの隙間は奥へ行くほど暗くなる。

うっかり何かにつまずかぬよう、手探り足探りで進んで行くと、

「アナタも懲りないねえ」

と、先の暗がりから声がした。

立ち止まってギュッと目を閉じ、十秒待ってまた開く。素早く暗さに目を慣らす方法

は、縁に教えてもらったものだ。幅八十センチに満たない隙間に男の影がぼんやり浮かぶ。上下ともダボダボの服を着て、髪はボサボサ、饐(す)えた汗の臭いをさせている。

「どうしてセラピーに来なかったんですか」

声を殺して訊(たず)ねると、相手は「ふふ」と、鼻で嗤った。

「なに？　ボクに会えなくて寂しかったの？　そんなわけないか」

「何かあったんじゃないかと心配するじゃないですか」

影は笑ったようだった。

「罠(わな)を張るならガツガツしないのがコツなんだ。焦(じ)らしてこっちのペースに持ってこようとしているだけだよ」

影はキサラギの声で言う。キサラギは『サイキックシリーズ』の主人公で、感情を持たないサイコパスの少年だ。ようやく縁と接触できて、真壁は心底ホッとした。

「そういうことならかまいませんけど、今は連絡手段もないわけで、とにかく気が気じゃないですよ、まったく……」

ブツブツと嫌(いや)みを言うと、

「真壁さんはそろそろセラピーを卒業しなよ。後のことはボクらに任せて——」

と、縁は答えた。

「——アナタが善意の編集者で、ボクに振り回されているだけだと向こうが思っているとして、だからアナタに手を出さないなんて、そんな確証はないんだよ？　危ない場所をウロチョロしないほうがいいってわかるでしょ。気が気じゃないのはそっちじゃなくて、ボクらのほうだよ」

「そうは言いますけどね、先生と連絡が取れる唯一の手段がセラピーですよ？　そう簡単に『チーム縁』を追い払わないでくださいよ」

「何度も言うけど遊びじゃないんだ。原稿は送ったし、入稿できたら問題ないでしょ」

「俺や蒲田くんの気持ちを仕事に置き換えられてもねえ」

次第に闇に目が慣れて、縁の顔がうっすら見えた。声と話し方はキサラギのそれだが、石崎正に化けた縁は薄汚れた風貌だ。彼のそんな姿を見ると、哀れに感じて落ち着かなくなる。またどこかへ逃げられてしまわないうちに、真壁は必要なことを告げた。

「竹田刑事が会わせて欲しいと言ってきました。妙な事件が起こったようで」

「妙って？」

さらに目をこらしたが、ボディガードの庵堂の影はない。縦線のような建物の隙間に縁だけが立っている。

「四十代の女性が惨殺された事件です。自宅アパートで、鈍器と鋭利な刃物とで」

「ああ……ニュースは知ってる。どこが妙なの？」

真壁は竹田から訊いた現場の状況を縁に伝えた。被害者に怨みを持つ者が見当たらないこと、テーブルに水を入れたコップがあったこと、犯行後に犯人はシャワーを浴びて漂白剤を使い、それなのに汚れた服をまた着て出て行ったこと。

話を聞くと、縁はゆっくり頭上を仰いだ。真っ黒になった建物の隙間には、街灯の色に染まった夜空が見える。

「犯人はシャワーを使ったのに、返り血を浴びた服をまた着て出て行ったってこと？　で、風呂場には漂白剤……」

「状況からはそうなるようです」

「そうか。うん」

「新手のハンターじゃないですよね？　竹田刑事はそれを疑っているようでしたが、ハンターなら事故や自殺に偽装していたはずですもんね」

「そうとも言いきれない……かもしれないよ」

口元にチラリと歯が覗く。変装用の乱ぐい歯は、見ると気持ちがサワサワしてくる。真壁は半歩身を引いて、ハンカチで額の汗を拭った。

「今までは左近万真がギビングパーソンだった。隠された欲望を肯定して目的を与え、狩りをしたくなるよう仕向けていたね。でも、彼が逮捕されたから、今は新しいギビングパーソンに替わったのかも。当然ながら、人選の基準も、ハンターのタイプも違ってくる。吉井加代子のハンターが他とはまったく違ったみたいに」

「なるほどたしかに。犯行自体も劇場型で、殺人の痕跡を隠そうともしませんでしたね。そうか……じゃ、今回も吉井のハンターでしょうか」

「真壁さんから聞いただけの情報じゃ判断できない」

「さらに犠牲者が出るんでしょうかね？」

「出る……もしも犯人がハンターだったら」

　縁はわずかに考えて、

「現場のことをもっと知りたい。知れば目星がつくかもだし……」

　独り言のように呟いた。

　庵堂がいたら、またそんなことに首を突っ込んで、と、渋い顔をするだろう。

「竹田刑事も先生に会いたいようでしたけど、会ってもらえるわけですか」

「うーん」

　と、縁は小さく唸(うな)り、やがて、

「作戦を立ててから連絡させて」

　と、頷いた。

「色々と整理しちゃったから、前のように人工皮膚は使えなくなって、完璧には化けられないんだ。だから余計に用心しないと」

　完璧に化けられないなら、手っ取り早く印象を変えるほかはない。なるほど、小汚い姿と乱ぐい歯はそのせいか。真壁も暗がりで頷いた。

「わかりました。とにかく、気をつけてくださいよ」

心から言うと、縁は無邪気な笑い声を立てた。

「そっちこそ。ボクには庵堂がいるけれど、真壁さんはそうじゃないでしょ。誰かを案じるってメンタルに来るよね。はやいとこ決着つけてくれって思ってる？」

「決着は、まあ、あれですが……急いては事をし損じるとも言いますからね、気をつけないと……それともなにか起死回生の勝算があるわけですか？」

「それはナイショだ」

縁は呟き、壁に背中を貼り付けるようにして先に真壁を行かせた。

暗い隙間を抜け出すと、少しだけ離れた場所に長身痩躯の庵堂がいるのが見えた。

真壁と庵堂は互いの姿を認めたが、素知らぬ顔ですれ違う。

駅へと向かう往来には、酔っぱらいたちの声が響いていた。


吉井加代子は現在、帝王アカデミーグループが運営している精神病院、私立帝王病院に収監されている。病棟は奥多摩の山中にあり、オーナーを務めているのが月岡玲奈だ。

ナイショだと真壁に語った翌日に、縁は自らレンタカーを運転して奥多摩へ向かった。

山道に蟬の声が鳴り響き、車中に引き込む外気には木々の緑が香っている。縁はブルートゥースで庵堂とつながっていて、ハンドル操作をしながら通話していた。

「テスト状況はどう？」

「良好です。守衛室へ忍び込んだとき仕掛けた機器が、まだそのまま生きています」

車のすれ違いにも難儀するような坂道は両側から枝が伸び放題で、さながら緑のトンネルだ。私立帝王病院は外来患者を受け付けないから、一台もほかの車を見ていない。

月岡玲奈は病院の広大な敷地に著名人や金持ち連中が一定期間身を隠したり、老人が終末を迎えるための豪華施設を設営した。訳ありの有名人が病人を装って身を隠したり、遺族に財産を残したくない老人が贅沢三昧をして資産を使い尽くしたりするための施設だ。その病棟へは芸人や調理人やセックスワーカーを呼ぶこともできるが、今日はそうした車もなかった。

「とすると、特殊病棟の守衛は加代子の監視に特化して雇われているんだね。頑丈で腕っ節が強ければ、機械音痴でも務まるってことだ」

「充分に危険な仕事ですからね……ちなみに今日の守衛はいつもの男です。プロレスラーみたいな黒人の……」

「彼は日本語が不自由だったたね。都合がいいな」

「あとどれくらいで着きそうですか？」

「二十分程度だと思う。院内のモニターは？　すべてチェックできてるの？」

と、庵堂が訊く。

「バッチリです。では、十五分前に病棟外部の映像を切り替えます」

「了解……そういえば、玲奈は今朝、ＳＮＳを更新してたよ。今日は佐久市にある子供病院を視察に行くって。それがフェイクでなければ、だけど」

「地元のニュースで確認済みです。現在玲奈は都内にいません」

縁は、「よし」と、小さく言った。

「……いよいよですね。――」

いつもより低い声で庵堂が言う。

「――ゾクゾクしますか？」

縁は車の左右に続く森を見た。折り重なる木々の隙間を日差しが抜けていく様は、空間が穴だらけになっているかのようだ。

ゾクゾクするかと問われても、今はまだなんの感慨もない。

「ぜんぜん」

と、縁が答えると、

「まあ、これからですしね」

庵堂は軽く笑った。

　仕事が首尾よく終わる日を、庵堂も心待ちにしているだろう。そのとき彼はぼくを殺して、人生をめちゃくちゃにしたぼくへの怨みを清算する。それでぼくも解放される。死んだまま生き続けた片桐涼真(かたぎりりょうま)の人生を、ついに終わりにできるんだ。

　縁は深く呼吸した。もう、考えたり悩んだり、憎んだり恨んだりしなくていいし、もともとぼくがいたはずの場所へ戻って行くだけだ。その場所は暗く湿った奈落の底か、それとも永遠の無だろうか。

　叶(かな)うなら永遠の無であってくれと縁は願う。

　細い坂道は山肌と崖(がけ)の間を走っている。崖下には渓流が流れていて、騒がしく蝉が鳴いている。うねうねと続く道の前方にも山があり、やがて、茂る木々の合間に白い壁の建物が見えてくる。

「人工皮膚の調子はどうですか」

　しばらくすると、庵堂がまた訊いた。

「動くと当たるけど、良好だよ」

「そこそこ大きなパーツですからね。血糊(ちのり)も一緒に封じていますし……では、きっかり十三分後に院内の防犯カメラ映像も切り替えます」

　縁はブルートゥースを切った。

私立帝王病院へは見舞客がほとんど来ない。交通の便が悪いからと言うよりは、入院患者のほとんどが家族に見捨てられているからだ。玲奈の病院が受け入れるのは、凶暴で手に負えなかったり、快復の見込みがなかったり、社会の受け皿を見つけられない性を持つ者たちで、警察が逮捕してくれないからという理由で家族が連れてくる者もいる。

非道い。病人の面倒も見ずに捨てるのか、非情じゃないかと、上辺だけ見て咎めたがる者はどこにでもいるが、そういう者は実情を知ろうとしないし、代わりに苦労してあげましょうと申し出ることもない。たとえば心療内科医をしていた父は吉井加代子の娘を守ろうと養女に迎えて、殺害された。

縁はキュッと唇を噛む。

ひどい嵐の夜だった。怖がる妹に、ぼくは物語を作って聞かせた。稲妻が切り裂いた夜空から星が降ってくる話。妹は夢中になって、夜が明けたら星を拾いに行きたいと言った。ぼくはホントに困ったけれど、その夜に、ぼくらはみんな殺された。

前日まで姉だった月岡玲奈は、直情型で思い込みの激しい男に身体を与えてハンターにした。義理の親から性的虐待を受けている。家族はみんな悪魔なの。殺したいほど憎いけど、彼らがいないと生きていけない。だってお金がないでしょう？　私は養女で弟妹は実子……二人が生きていると遺産もこないし……私は地獄で生きるしかないの。

犯人は留置場で自殺した。

すべて策略だったと知りもせず、白馬の騎士を気取って死んだ。

反吐が出る。

木のトンネルの向こうに帝王病院の門が見えてきた。縁はその手前で車を停めると、運転席を降りて、巨大な両開きの門にあるインターホンのボタンを押した。

「面会に来ました」

告げても返事はなかったけれど、車に戻ると巨大な門扉は自動で開いた。

道は奥へと続いていて、広大な庭の彼方に建物がある。車を乗り入れると、鉄の門扉は自動で閉まった。

敷地は深い森に囲まれており、前庭には芝生が張られている。小川があり、池があり、東屋があって、今はバラが満開だ。なだらかな丘のさらに奥には、白い建物の屋根だけが覗く。患者なのか、スタッフか、院内着をまとった人たちが芝刈り機を押して広大な庭を行き来している。敷地内に燦々と太陽が照って、浮世離れした空間を演出している。

車道が途切れる場所に車を停めた。スタッフ用の駐車場は別のところにあるらしく、ほかに車は一台もなかった。縁はルームミラーを自分に向けて、前髪を掻き上げた。

作家雨宮縁になってからずっと、作品主人公の姿を借りてきたものだから、自分がどんな顔だったのか忘れてしまった。ウィッグではなく地毛のまま、人工皮膚も使わぬ素の顔は、改めて見ると滑稽だ。この男は誰だ？　ぼくはこんな目つきをしていたろうか。苦しげで、胡乱で、刺すような目を。記憶に残る自分の顔は、幸せだった少年のころで止まっていたってことなのか。

嵐の夜に襲撃を受けて、ずっとベッドに伏せっていた。何度も手術を受けて生死を彷徨い、天井と医者と看護師と、彼女が摘んでくる野の花くらいしか見なかった。心に憎悪が燃えたぎり、それが誰かを焼くのが怖くて、他者と視線を合わせなかった。庵堂を追って海外へ渡ったときも、自分がどんな顔をしているのかなんてまったく気にしていなかった。鏡は見ていたはずなのに、自分の顔が記憶になかった。

ルームミラーに映る青年は今も瞳に炎を燃やしている。切羽詰まった表情で、相手を射貫くような眼光で、引き結んだ唇のかたちは記憶のそれより薄かった。もしも妹が生きていて、今の自分を見たならば、「お兄ちゃん、こわい」と言うだろう。それでいい。そうでなければやり遂げられない。両親が慈しんで育てた息子が生き延びて、そして殺人者になるなんて、正義の人だった父親と、優しい母はどう思うだろう。

キリキリと胸が痛んだが、どうしてもやらずにいられない。吉井加代子と月岡玲奈の本性を知るのはぼくだけだから、ぼくがやるよりほかにない。

縁はミラーに苦笑して、ポケットに入れてきたチューインガムの包み紙を剥いた。三枚まとめて口に入れると、また前髪を掻き上げてから車を降りた。

帝王病院の内部や構造については、事前に庵堂が真壁を連れてここを訪れ、大まかな情報を持ち帰っていた。吉井加代子がいるのは本館とは別の場所にある特殊隔離病棟で、何十年も放置されていた廃墟同然の建物だ。ただしセキュリティはしっかりしていて、面会には必ず守衛が同席するという。守衛はプロレスラーみたいな体格の黒人男性で、幸い日本語に明るくない。喋れるのは注意事項程度だと聞く。

高い天井に瀟洒な窓が並ぶ普通病棟のフロントロビーは、白壁に蔓草を模した鉄格子が影となって描かれて、冷気と湿気が相まって教会の礼拝堂を思わせた。縁はそこで受付をして、無愛想な老齢の看護師から隔離病棟への行き方と注意点をレクチャーされた。受付表には筆圧のない文字で『片桐涼真』と本名を書いたが、記録を取るのも形式だけで、たいした意味はないらしい。

無愛想な老看護師の目を盗んで持ち替えたペンは二時間程度で文字が消える特殊インクで、面会人が凶器を持ち込まぬよう没収される紐付きの靴や安全ピン、タオルやハンカチなどと一緒に受付に預けた。身体検査もされたが、着てきた黒いシャツには胸ポケットもなく、ジーンズのポケットはすべて空、もとよりベルトもしていない。

クリップで留める形式の入館証を受け取ると、サンダルに履き替えて廊下を進み、建物のどん詰まりまで行ってドアを開いた。

庵堂に聞いていたとおり、ドアの先はイバラや雑木が鬱蒼と茂る森で、手すりを配した狭い小道がその奥へとつながっている。吉井加代子と面会したあと、緊張と気分の悪さから、真壁はここで動けなくなったと庵堂が言っていた。小道の下は崖であり、折り重なる樹木が濃い影を作っている。

湿った空気と腐葉土の匂い。影の奥に特殊病棟の薄汚れた壁が見え隠れしているが、黄色いペンキは色あせてコケが生え、雨水の流れた跡が線になり、所々に地衣類がはびこっていた。窓という窓には鉄格子がはめられて、内側から塞がれている部屋もある。

縁はそれをじっと見て、さもありなんと真壁に同情した。

月岡玲奈が残忍な正体を隠す天才ならば、吉井加代子は剝き出しの悪だ。底冷えがする不気味さと、触れれば切れる鋭さと、得体の知れなさ、静かな狂気。それに呑まれてしまったら、こっちのペースに持ち込むことは不可能だ。

いよいよですね。

と、また庵堂の声がする。

ゾクゾクしますか？

武者震いとでも言えばいいのか。今になって少しだけ庵堂の言葉が実感できた。

縁は深く息を吸い、懸命に封印してきた惨劇の記憶を呼び起こす。窓に叩きつける雨の音、家を揺らした雷鳴や、うねるように揺れていた木々、両親の悲鳴、近づいてくる足音と殺意の臭い、自分たちを襲った刃、逃げようとして飛び降りた庇と、そして……辛くてギュッと目を閉じた。血の気が引いてクラクラし、心臓が躍り出して指先が凍えた。妹の小さな身体から流れ出ていく血の熱さ。降りしきる雨のなか、懸命にそれを止めようとして成せなかったこと。

不思議なことに、自分の痛みはまったく覚えていなかった。

息を吸い、また吐き出して一歩踏み出す。

月岡玲奈と吉井加代子が育てた真のハンターがここにいる。それはぼくだ。

おまえらを狩る。

縁は森の小道を進んで、窓すら鉄格子で覆われた隔離病棟の守衛室をノックした。

プロレスラーみたいな黒人の守衛は片言の日本語で応対する。これも庵堂の情報通りだった。吉井加代子に面会するなんてバカじゃないのか、と最初に言われ、彼女が自分の近くへ来るよう招いても、決してそばへ行くなと忠告され、近づけば耳を噛みちぎられて喰われるぞと、ジェスチャーで示された。

わかりましたと頷くと、彼は巨体を揺らしながら、先ずは守衛室の施錠を解いた。

特殊隔離病棟の鍵はデジタルではなく、昔ながらのウォード錠だ。これも庵堂の情報通りで、守衛はそれを制服の腰から下げている。縁が通ると再び施錠し、長い廊下を進んでまた解錠し、縁を通して施錠した。逐一そのようにして加代子の病室へ近づいていく。

縁は以前に一度だけ庵堂と守衛室に忍び込んだことがある。不慮の火災で守衛が外へ飛び出したとき、入れ違いに部屋に入って特殊病棟の監視映像を盗み出し、カメラにアクセスできるよう細工もしたのだ。

いま、守衛室のモニターに映るのは無人の画像で、縁がここへ来たことを月岡玲奈が知る術はない。守衛も縁を連れて加代子の病室へ向かっているためモニターは見られない。

暗い階段、不気味な病室、生きる屍と化した患者たちの臭い。卑猥な言葉や叫び声、鉄格子を揺らす音……特殊隔離病棟は人間の闇を具現化したような場所だった。

加代子が収監されている階へ来てみれば、廊下の両側に並ぶ全ての病室が空き部屋だった。どの部屋も扉が開け放たれていて内部が見える。彼女が脱走したときに見つけやすくしたつもりだろうが、自分ならすべての扉を取り払ってしまうと縁は思った。そういうところが月岡玲奈はまだ甘い。母親と思って油断するから、寝首を掻かれることになるんだ。

静かな興奮と武者震いが縁の全身を侵食していく。

「ココね」

腰にぶら下げた鍵をまた持って、守衛が言った。そこは階のどん詰まりで、四室程度を一部屋につなげた仕様であった。室内を二分して、前室と病室を猛獣の檻さながらの鉄格子で隔ててている。

看守は先ず、廊下から前室に入るための鍵を外した。前室にはベンチが一つだけ置かれている。病室と前室を隔てる鉄格子には金網も張られていて、奥が加代子の空間だった。ベッドとテーブルがあり、本棚があり、パソコンがあり、水槽でメダカが飼われている。メダカは食事や飲み物に仕込まれているかもしれない毒のセンサーだ。玲奈はともかく加代子のほうは、娘を信用していないのだ。誰も信用していない。世の中の人間がみな自分と同じ思考を持っていると考えるなら、こんな場所に引っ込んで玲奈だけを見張っているのが安全安心なのだろう。

吉井加代子は臙脂色のツナギを着てベッドに腰掛け、ヤスリで自分の前歯を研いでいた。病室でヤスリを使うことを許した甘さが、これから玲奈の命取りになる。

「メンカイ」

と、守衛は言って前室の鍵を開け、縁を先に入れてから自分も入って施錠した。病室から最も遠い壁際のベンチにどっかり座り、両足を投げ出して腕組みをする。

加代子はこちらを見もしない。縁は呼吸を整えた。

「片桐寛の長男です——」

担当医だった父親の名前が記憶にまだあったのか、意外にも加代子は一瞬だけ前歯を研ぐ手を止めた。

「――初めまして」

軽く会釈して縁は続けた。

前室の中央あたりまで歩を進め、そこでピタリと立ち止まる。

「吉井さん。今日はお願いがあって来たのです。ぼくには玲奈という姉がいました。彼女が十八歳のころ、姉のストーカーが家を襲撃して家族を殺し、留置場で自殺しました」

加代子は無表情だった。

どこか一点を見つめたまま、けれども耳はこちらの声に集中している。

「こんな話は聞きたくないかもしれないけれど……」

と、極力冷静に縁は言った。

それでも声ににじみ出る怒りについては、敢えて止めることなくそのままにした。

「ぼくは瀕死の重傷を負わされて、その後、姉との縁は途絶えた……正確には、姉と信じていた女との縁が途絶えたということです。素性はまったくわかりませんが、家族なんかじゃありませんでした。ぼくらが持っていたものを全部奪うため家にやって来た小さな悪魔。それが姉の正体でした……幼いころからぼくだけが、完璧すぎる姉に違和感を抱いていたんです。姉はそれに気付いてぼくら家族を抹殺した。真犯人は姉でした。犯人は操られていただけなんです」

加代子はひとつ瞬きをした。縁は続ける。

「ずいぶん時間がかかったけれど、ぼくは調べて、姉がナニモノだったか突き止めました。吉井さん、あなたは父の患者でしたね。父はあなたの娘を助けようとして養女に迎え、玲奈という名前と戸籍を与えた。ぼくが生まれる前のことです……そうでしょう？　姉は幼いころから残忍でした。それだけじゃなく嘘（うそ）つきだった」

加代子はグルリと首を回した。刈り上げた髪に彫りの深い顔。頬骨（ほおぼね）に沿って顔全体を覆う薄い皮膚。切れ長で二重（ふたえ）まぶたの怜悧（れいり）な眼（まなこ）が縁を捉える。半開きになった口から覗く歯はサメさながらにギザギザだ。あれで夫の首を噛みちぎったのか。縁は一歩前に出る。

「あなたはひどい。あんなバケモノを善良な父に預けるなんて……ぼくらに起きたことの責任は、母親のあなたにあります。あなたが姉を手放さなかったら、あんな事件は起こらなかった。姉の殺人はあなたのせいです。あなたに責任を取ってもらいたい」

吉井加代子は鋭い歯でニタリと笑った。面白いことを言う、と、表情が語っている。

「ぼくらは姉を本当の家族と思ってきたし、心から愛した。なのに、この仕打ちはどうだ」

唇を震わせて訴えた。怒りと復讐（ふくしゅう）以外、何も考えていない愚か者のように。

「吉井さん。あなたは悪魔を産んだのです」

病室の女は立ち上がり、薄笑いを浮かべて鉄格子の近くへやって来た。細い指を金網にかけて蛇のように舌先を突き出し、縁を見ながら唇を舐（な）め、そして、言った。

「私にどうして欲しい？　檻に囚われている哀れな女に」

その眼光を、真っ向から縁は受け止めた。

「哀れな女……たしかにその通りのようだ」

そして加代子よりも残忍な顔で微笑んだ。

「あなたはここに長くいすぎた。もはや死人も同然だ。本当はわかっているんでしょう？　あなたが死人同然だから、玲奈もあなたを生かしているに過ぎないと」

骨張った加代子の頬がピクリと動く。

盗み出した監視カメラの映像には、玲奈に激高する加代子の姿が映っていた。あれを見てわかったことがある。おまえは娘が自分を超えるのが許せないんだ。

「何もかも知ってるんですよ？　少し前、あなたはここの看護師だった女に人を殺させ、自分にはまだ力があると、玲奈に示そうとしましたね。事件後に看護師をわざわざここへ呼びつけ、玲奈の前で焼身自殺までさせて、優位性を見せつけようとしましたね？　でも、あれは上手い方法じゃなかった。あのとき玲奈は知ってしまった。あなたがまだ枯れていないと……あなたは玲奈の脅威になった。彼女はあなたを警戒している。わかるでしょ？」

加代子は何も言わなかったが、瞳の色を縁は見ていた。瞳孔を見て心情を知るのは加代子だけの特技じゃない。この母子は人の心を操ってきた。今こそやり返されて絶望を知ればいい。

「心当たりがありますか？　あるでしょうね。でも、ぼくは、あなたのことは、これっぽっちも憎んではいないんです。家族を殺したのは玲奈で、あなたじゃないから」

唇をチロチロ舐めるたび、加代子の舌が前歯に当たって血を流す。その動きが、心なしか緩慢になったようだった。加代子は縁を見たままで、ごくゆっくりと首を回した。笑うでもなく、怒るでもなく、ガラスのように冷たい瞳だ。

「あなたは檻に入れられて、動物みたいに飼われている。それを見て玲奈は優越感に浸っているけど、ぼくはあなたの味方です」

最後の台詞は囁くように言う。

母娘はマウントを取り合っている。加代子は娘が自分の支配下にあることに悦びを感じ、玲奈は母親を飼い殺すことに悦びを見出している。二人をつなぐのは利害と恐怖と支配欲だけだ。

加代子はコキンと首を傾け、血まみれの舌先を縁に向かって突き出した。さらにベロリと唇を舐め、しなを作ってこう言った。

「そうよ、私は檻の中のケモノ……哀れな生け贄……——」

自分を哀れと呼んで微笑んでいる。

「——そんな私が、どうして坊やの願いを聞けるの？」

色素の薄い瞳がヌラヌラ光る。テレパシーで会話するかのように、こんな状態では願いを聞けないと訴える。味方と言うなら証拠を見せろと。

縁はシャツの襟に手をかけて、守衛の死角でグイと開けた。鎖骨のくぼみを塞ぐ人工皮膚に、細長い金属板の陰影が浮かぶ。そのかたちを縁はゆっくりなぞって、口に隠してきたガムを加代子に見せた。彼女の視線は守衛の腰へと素早く動き、意図を理解したと伝える代わりに細長い舌をチロチロと伸ばした。

「あなたの病室にはパソコンもあるようだけど、制限されているはずだ。それを知られたくないものだから、当たり障りのないサイトには自由にアクセスできるのかもしれない……黄金社が運営している無料の文芸サイト【ゴールド】は閲覧できますか？　できたら読んでみるといい。玲奈が隠せたと思っている犯罪が、面白おかしく小説に書かれて、暴露されているから」

庵堂が偽サイト【ゴールド】を立ち上げて情報を仕込んだ。加代子がサイトにアクセスすれば……縁はニッコリ微笑んだ。

「あなたも外の世界を知るべきだ。そうすれば、玲奈の帝国が沈みかけていることがわかるでしょう。ぼくはあなたの味方だからアドバイスしておきます」

「くだらない」

と、加代子は縁から目を逸らす。

「では、リークならどうですか？　玲奈子飼いの左近万真はあなたの信奉者ですけれど、彼の本当の望みは知っていますか？」

あなたの腸を自分の首に巻くことです、と言ったとき、加代子の瞳が反応し、金網にかけた指をこっちへおいでと動かした。そして指先をピンと伸ばして、縁が人工皮膚に隠したものを受け取れる場所を示した。ベンチから動こうとしない守衛の死角になる場所は金網が少し浮いている。縁も素早く瞬き（まばた）を返した。

もっとこっちへ、こっちへおいで。

そうしておいて、彼女は嗤った。

「バカな坊や……玲奈なんて女は知らない。片桐寛なんて医者も知らない。何にも知らない。おあいにくさま」

ドンと背中を押されたように、縁は金網に飛びついた。

「嘘を言うな！　どうしてそんな嘘を吐く（つ）くんだ！」

ベンチにふんぞり返っていた守衛が驚いて立ち上がり、警棒を抜こうとする間に、金網の隙間から伸びた加代子の爪が縁の鎖骨に食い込んだ。皮膚が裂け、血が飛び散って、手のひらに収まるほどの金属板が表に出ると、縁はそれを素早くつまんで金網の隙間に差し込んだ。血まみれのそれを加代子に握らせる。

「ぎゃーっ！」

大げさに叫び、金網に張り付いて悶絶し、守衛の視線を引きつけた。

「ダメ！　ダメ！　離れて、ダメね！」

腰を折って丸くなり、口から素早くガムを出し、守衛に取りすがるフリをして、腰にある鍵の先端にチューインガムを押しつけた。守衛は加代子を恐れて警棒を振り上げ、懸命に檻を叩いていて気がつかない。

「下がれ、下がれ！　あなたダイジョウブか」

鍵のかたちを写し取ったガムを金網が浮いた場所に置き、血糊で汚す。これ見よがしに咳き込んで、震えながら縁は守衛に引きずられて鉄格子から引き離された。

ダイジョブか、おまえバカ、シンジラレナイ！　と、守衛は慌て、驚愕して、同じ台詞を繰り返すばかりだ。上着を脱いで縁に着せかけ、引きずりながら鍵を開け、アタフタしながら前室を出た。

あはははは……あーはははは……。

特殊病棟の隔離室に加代子の高笑いだけが響いた。

第三章　暗闇を歩く者

　黄金社の真壁に縁から連絡があったのは、いけはた病院のグループセラピーから数日が経ち、荒川で開催される花火大会が近づいてきたころだった。

縁はその会場で竹田刑事と会うと言う。指定した辺りで待っていてもらえば、こちらで見つけて声をかけると。

　いつものように料亭の個室で、料理や酒を楽しみながら会談を持つのだろうと考えていた真壁は、当てが外れてガッカリすると同時に、事態がのっぴきならない状況へと転げ落ちて行くのを感じて背筋が伸びた。縁はいつもよりもさらに用心している。もはや敵の襲撃や反撃がいつあっても不思議ではないということだ。

「ラフな恰好でお願いしますと竹田刑事に伝えてくれない？　あの人は刑事臭が凄いから、できれば帽子とかあるといい。いまどきオッサンのおかっぱ頭は目立ちすぎだし」

　確かにその通りだと思うので、真壁は竹田の帽子を自分が準備することにした。

週末。真壁は竹田と連れ立って、浴衣姿のカップルや、甚兵衛に雪駄履きの男性や、子供連れなどでごった返す荒川の河川敷へと向かった。

河川敷へ通じる道路は日が落ちる前から人々が続々と集まっていて、ざわめきと人いきれで会話すらよく聞こえないような有様だった。露天商が焼くイカやお好み焼きなどの香ばしい匂いが暑い空気をかき回し、ビールやかき氷の店には長い行列ができていた。

「なんだってまた花火だよ」

真壁に野球帽をかぶせられ、竹田はずっと文句を言っている。年季の入ったスーツを脱いだ竹田はベテラン刑事というよりテキ屋のオッサンに見え、申し訳ないが笑ってしまいそうになる。そういう真壁もTシャツに短パン姿で、首に汗拭き用のタオルを巻いて、素足にスニーカーという出で立ちだ。サンダル履きでないのは人混みで足の指を踏まれると痛いからで、そうした部分は譲れない。人混みを歩き続けて二人はようやく縁に言われた辺りに着いたが、人波が河川敷に向かって押し寄せていくので流されそうになる。列に背中を向けて警察が設営したバリケードの前にとどまっていると、

「お待たせしました」

と声がして、浴衣姿の庵堂が、若い女性と現れた。

結い上げた黒髪に丸メガネ、紺地に麻の葉模様の浴衣を着て、団扇で口元を隠しつつ目だけでニヤリと笑う仕草で、縁が化けていると悟った。

「会場のチケットを渡しておきます」

低い声で言いながら、庵堂が真壁らに入場券を渡した。券と引き換えにブレスレットをもらわないと河川敷に入れない仕組みなのだと説明をする。

「花火は一時間しか打ち上がらないから、早く行こう」

庵堂の腕に手をかけて浴衣姿の縁が笑う。好んで化けていた女子高生キャラより少し大人びて地味な印象だ。真壁や竹田にかまうことなく、縁はさっさと歩き出す。黒地に赤い鼻緒の下駄を履いているが、微かに足を引きずる癖は隠せない。それが一家襲撃事件の夜に負った傷の後遺症だということを、今では真壁も理解している。

真壁と竹田は無言のままで縁と庵堂の後ろをついていく。

ブレスレットを着けている者は河川敷に用意された見物席に座れるはずが、縁らは群衆から離れた草藪の際に居場所を求めた。

空は次第に暮れていき、開会を告げるアナウンスが流れる。河川敷を埋めた人々は、一心に空を見守りながら、そこに咲く大輪の花を待っている。

「んだよ、面倒くせえなあ。こんなとこまで呼び出しやがって」

草藪で足を止めると最初に竹田が文句を言った。縁は団扇をパタパタさせながら、

「呼び出したのはそっちでしょ」

と、冷たく答えた。

「木を隠すなら森の中、人を隠すなら人の中。花火会場に来て花火以外を見ようなんて人は少ないですから」

長い髪をひとつに束ねた庵堂が、竹田や真壁の方を見もせずに言う。同様に縁も花火が打ち上がる方向ばかりを向いている。

「大まかな事情は真壁さんに聞いたけど、竹田刑事が何を妙だと思っているのか、言ってもらわないとわからないな」

今までは化け姿に合わせて言葉遣いも変えてきた縁が、今夜は普通に喋っている。女のなりから聞こえる声が男のそれであるというのは、何とも奇妙でおかしな感じだ。こうしてみると自分は縁をなんだと思って付き合ってきたのか。真壁はわからなくなってくる。

「おうよ。そう言われると思って写真をよ」

竹田はガラケーの携帯電話を庵堂に渡した。

庵堂は縁との間にそれを持ち、操作して画像を呼び出した。殺人現場と被害者と、室内の様子を映したものだ。真壁も首を伸ばして覗き込んだが、花火見物で高揚する人々の近くにいても肝が冷えるような写真ばかりが保存されていた。

最初の花火が打ち上がる。黄金の光が空と河川敷を照らし出し、打ち上げ音がそれを追いかけ、河原に歓声が沸き起こる。縁は一枚を一秒足らずで確認しながらすべてを見終え、携帯の明かりを消して竹田に訊いた。

「テーブルにあった水はなぜ？」

「わからねえ。が、コップからは被害者の指紋しか出てねえんだよ。水を飲んだ形跡もねえんだ」

「被害者のカーディガンも、キッチンではなくリビングの床にあったんだね。被害者が羽織っていたとして、なぜ脱いだんだと思う？」

「さあな」

「うん」

と、縁は頷いた。

「犯人が犯行時に着ていた服は？　また着て帰ったと聞いたけど、実はどこかに丸めて捨ててあったとか」

「いや、おそらく着て帰っているな。周辺を探しても見つかってねえんだよ」

火の玉がヒューッと上がって、ドドンと開く。そしてパラパラと火の粉が躍る。歓声と拍手、赤や黄色に照らし出される笑顔の観客とは裏腹に、縁と竹田の会話は続く。

「竹田さんが言うようにハンター臭いね」

しばらくすると縁は言った。

「だよな？　そうだろ？　だがなぜわかる？」

竹田が縁に詰め寄りそうになるのを、半歩近づいて庵堂が止めた。彼はあくまでも花火見物を装って、浴衣の両袖に腕を入れ、風流な顔つきで天空を仰いでいる。その場所に大輪の菊が咲き、花びらが滝のように白く流れて落ちてきた。縁が言う。

「シャワーを使ったのは自分の汚れを落としたかったからだよね。でも犯人は服が血で汚れていることはわかっていなかったのかもしれない」

「はあ？　なんだって？」

「……普通の声でお願いします」

と、庵堂が囁く。竹田が大声を出さないように、縁は竹田の隣へ移動した。

「凶器はなにか、わかっているの？」

竹田は野球帽を目深にかぶって俯いた。そのまま押し殺した声で言う。

「鈍器のほうはシャンパンのビンだ。被害者がよく飲んでたやつの空きビンがキッチンに数本あって、そのうち一本が濡れていた。犯行後、きれいに洗って戻したようだ」

「刃物は？」

「切り口の形状からカミソリじゃねえかと思う。床屋が使う日本カミソリってやつだ。刃が薄いから太い血管でも切らない限りは致命傷にならんが、被害者の背中は……」

「……滅多斬り？」

「そうだ。切れ味を確かめながら弄ぶみたいにな」

「漂白剤は犯人が持ち込んだもの？」

「被害者が台所で使っていた品だ」

　夜空を見上げていた縁と庵堂が、初めてわずかに視線を交わす。

「……ナイトウォーカー……だろうか」

「なんですか？」

　真壁も初めて口を挟んだ。丸メガネの奥から縁がチラリと真壁を見やる。

「暗闇を歩く者。犯罪者やセックスワーカーを指す場合もあるけど、ボクが言うのは、眠っている間にだけ現れる、もうひとつの人格のことだよ」

「夢遊病者ってことですか？」

「似てるけど少し違うんだ。解離性同一症とか多重人格と呼ばれることもあるけど、その症状が睡眠中の、ある条件下でのみ表出するんだ……抑圧された人格の暴力的な一面だけがね」

「どういうことだ」

　と、竹田が訊いた。

「ハリウッドにいたとき、心神耗弱で無罪になった連続殺人犯がいて、彼の自称がナイトウォーカー、自分を揶揄してそう呼んだ。潔癖症で対人恐怖症、ひ弱で華奢な若い男で、男娼ではなかったけれど、入院していた施設の職員から日常的に性的被害を受けていた。レイプは庭で行われ、その間、彼は意識を殺してそれに耐え、事後はその場にうち捨てられた。すると別人格が覚醒して病院を抜け出し、今度はストリートガールをレイプして殺した。本人の意識はないままに」

「殺人のあと犯人は感染症を恐れて漂白剤入りの風呂に入っていたんです。犯行が露呈したのは皮膚科の医師が肌の異常に気がついたから」

「彼が犯行後に身体を洗ったもうひとつの理由は、自分を汚れていると思ったからだ。抗えない悲惨な状況に身を置いたとき、人は自分を消したくなるよね。犯人は理性的で温厚な性格で、心に怒りを隠していた。いいことと悪いことの見極めができて、いい人であろうとしたから余計に、隠蔽した怒りや絶望が無意識下で成長を遂げて表出し、コントロールできなくなった」

「漂白剤入りの風呂で自分を消毒？」

真壁が訊いた。頷いたのは庵堂だ。

「強迫観念が強くて、そうせざるを得ないのです。皮膚に炎症を負ってもやめられない」

「こっちの事件も同様だってか」

「ハンターとしたならば……って話だよ」

「でもまた血で汚れた服を着てったんですよ？」

と、真壁が繰り返す。

「……て言うか、それじゃ風呂へ入った意味がねえだろうがよ」

縁のメガネに花火が映る。彼は竹田に顔を向け、キサラギの声で答えた。

「その通り。それがもしもハンターならば行動に意味なんかないし、本人も気づいていないんだよ。ナイトウォーカーは本人が眠っている間だけに現れる。本人が嫌悪して押し殺し、この世に存在しない人格なんだ」

「左近の後釜が作っているのが、新手のハンター・ナイトウォーカーだってことですか？　その場合、ハントして奪うのは何なんですか」

と、真壁が訊いた。

「憎む相手の命だよ」

と、縁は答える。

「あくまでもハリウッドの事件の場合だけど、ナイトウォーカーが夢の中で殺したのは、自分をレイプした職員だった。実際にはストリートガールだったわけだけど、された仕打ちを仕返しして、それに飽き足りず相手を殺した。夢の中で、彼にはストリートガールがレイプ犯の職員……いや。もしかしたら不本意に犯されている自分自身に見えていたのかもしれないね。殺害後に体を消毒したのも自分や職員を汚いモノと見なしていたから。ところが、夢の中では殺した職員が、目覚めればまだ生きている。だから彼はまた殺す……たぶん、もしも竹田さんの事件の犯人がアカデミーによって生み出されたハンターならば、たぶん事件はまた起きる。夜中にね」

花火大会が佳境に入る。縁は竹田と真壁の間で空を見上げた。三人の背後に庵堂が立ち、縁は団扇で蚊を追い払いながら考えている。浴衣姿の縁は石崎正の饐えた臭いではなく、石鹸の香りがした。

しばらくすると、唐突に縁が言った。

「先ず、コップの水だけど、被害者が来客に出したものだと思うんだ。カーディガンがリビングにあった理由も、被害者が来客に着せてあげたから。部屋はクーラーが効いていたんだものね」

「あ？　どういう意味だ？」

「その部屋には押し入られた形跡がなかったし、犯人があらかじめ侵入して隠れていられるような場所もなかった。周囲の人も叫び声や物音を聞いていない。部屋に乱れた形跡もなく、被害者はキッチンで襲われた。たぶん犯人に背中を向けて、そのとき鈍器で殴られた。そうだよね？」

「その通りだ」

と、竹田が答えた。

「どんな状況ならそうなるのかを考えてみたんだ。被害者は一人暮らしの女性だから、真夜中に不審な来訪者があっても家には入れない。でも、相手がか弱い女性で、しかも緊急性があった場合はどうだろう。被害者は『いい人』だったってことだよね？」

その通りだ。トラブルもなく真面目でいい人だから、あの現状が謎なのだ。

「被害者の部屋は一階で、通りからすぐ玄関だよね。真夜中に誰かが来てさ、被害者が覗き穴から覗くと女性が見える。どんな恰好だったか不明だけど、たぶんパジャマか、下着姿だ。相手がナイトウォーカーなら、向こうも寝ている状態だから。もちろん尋常な様子ではない。きっと言葉も発しない。被害者は何かが起きたと驚いて正義感からドアを開け、彼女を室内に引き入れる。床に座らせてカーディガンを脱ぎ、それで彼女を包み込み、落ち着かせようと水を汲む。テーブルに載せて、警察に電話する」

「入電はなかったぞ」

「すぐ襲われて、その間がなかった」

「犯人は女だってか……」

と、竹田は唸った。

「男だったら入れないでしょう？」

「や、ちょっと待て。だが足跡は二十六センチだぞ……待て待て……そこへ女を追いかけて、男が乱入したってのはどうだ？　そのほうが辻褄が合うんじゃねえか？　女は確かに逃げて来た。上着を脱いで着せかけるのと、水を汲むところまでは先生の推理どおりとして、男は先に被害者を襲い、通報できないようにした」

そして縁をじっと見た。

「そうかもね」

縁はあっさりと自分の推理を取り下げた。

鼻息荒く腕組みをして、竹田は帽子の隙間から、おかっぱ頭をガリガリ搔いた。

「暴力男から逃げてきた女が、被害者の部屋に助けを求めた。そこへ男が追ってくる……いや、待てよ。そうなると、もう一人犠牲者がいるってことになるのか？　逃げて来た女ってやつが」

「いや、いや、待ってください。それはちょっとおかしいですよ」

と、真壁も言った。

「竹田刑事の推理が正しいのなら、逃げて来た女は、男が被害者を殺してシャワーを浴びている間、その場にいたってことですか？　それとも一緒に殺されて、風呂場なんかでバラバラにされて、だから漂白剤を……そうか……そのほうが筋は通るのか？」

「排水口から血液を検出しようとしたが、組織が分解されてて無理だったんだよ」

鼻の穴を膨らませて竹田が言った。

「もしくは、逃げて来た女性は犯行の間にまた逃げ出したのかもしれません」

と、庵堂が言う。

「犯行を目撃しながら恐怖とショックで動けなかった、って場合もあるか。虐待されて隷属状態になっていたなら、もはや逃げることすらできず……」

と、竹田が言った。

「ううむ。アパートからは複数の指紋が出てるがな、まだ照会が終わってねえんだよ」

「警察なら防犯カメラで追えるんじゃないの？」

「そうだが、生憎アパート周辺にカメラはねえし、カメラのある場所も離れていてな……ん？」

竹田はふいに会話をやめた。電話がかかってきたようだった。携帯電話を耳に当て、数歩下がって背中を向ける。ドドーン！　パラパラパラ……と音がして、スターマインが夜空を染める。拍手と歓声が上がるなか、

「あ？」

と竹田は宙を睨んだ。

「どうして……クソ！」

尋常ならざる様子に、思わず縁らが振り向くと、

「左近万真が脱走しやがった」

竹田は血走った目つきになって、鋭く短く吐き捨てた。

次々に上がる花火が空を覆って、河川敷に集う人々を明るく照らす。川向こうに組まれた仕掛け花火がナイアガラの滝よろしく水面へと流れ、煙火が空中に広がって空気を白く濁らせていく。素早く身を翻した竹田を追って、真壁と縁らは人混みに紛れた。

花火会場の外で竹田より先にタクシーを拾ったのは庵堂だった。

後部座席のドアが開くと、竹田が乗るより先に縁は助手席のドアも開けさせ、そこに竹田を押し込んだ。

「神田署へ行ってくれ」

竹田が運転手に警察手帳を示して、ドアの閉まる音を聞いたとき、後部座席には縁らが揃って乗り込んでいた。運転手が緊張の面持ちで車を発進させる。

「なんでおめえらまで乗ってんだよ」

竹田は野球帽を脱いで振り返ったが、庵堂と縁に挟まれた真壁は苦笑することしかできない。

「状況を話して。何があったの」

髪をアップに結い上げて丸メガネをかけた縁が訊ねる。竹田の真後ろに乗っているから、バックミラー越しでないと表情が見えない。竹田はヘッドレストに頭を着けて伸び上がり、横にいる運転手の様子を盗み見た。ありがたくもポーカーフェイスを決め込んでいるのでコソコソと言う。

「詳しいことはわからねえ。看守が血まみれで倒れているのが発見されて、左近万真が消えたんだとよ」

「えっ」

と、真壁は顔を歪めた。

「まさかメスで気管を？」

続けてそう訊いたのは、それが左近お気に入りの殺人手口だからである。けれど留置場にメスはない。

「顔も身体もメッタ刺しで、腸の一部がはみ出てたとよ。脈があるんで救急車を手配したと言っていたがな、助かるかどうか」

うげ。と真壁が低くうめいた。

「左近はどこへ消えたんですかね」

「それがわからねえから急いでるんじゃねえか。緊急手配だ、緊急手配。ちくしょうめ……凶器をどうやって手に入れやがった」

竹田はおかっぱ頭を左右に振った。

花火の音が鳴り響き、夜空は明るく輝き続ける。会話を聞いていた縁が静かに言った。

「誰か面会に来たんじゃない？　左近のところへ」

「あ？」

竹田は真壁を振り向いた。左近と接見したことについて問われたのかと思ったらしい。

「俺は接見しましたけどね。吉井加代子を取材したくて」

「いや、真壁さん以外の誰かだよ。面会に来た？」

竹田はどこかに電話をかけた。そしてしばらく話した後に、通話を切ってこう言った。

「左近は接見禁止がついてるからな、真壁のとっつぁんには俺が同行したんだよ。野郎は妻から離婚されて誰も面会に来ないとぼやいていたが、一昨日(おととい)、左近が勤めていたアカデミーの関係者が弁護士を連れて来ていたそうだ」

竹田のヘッドレストに手をかけて、縁は訊いた。

「それは誰？」

「帝王アカデミーの月岡玲奈と、小賀(おが)ってぇ弁護士だってよ」

真壁は縁の顔を見た。女のなりをしているが、すでに丸メガネの奥に光る目がサイキックのキサラギのそれになっている。

「月岡玲奈は差し入れをした？　したはずだ」

「現金三万円と、下着をな」

その瞬間、完全なる青年の声で縁は叫んだ。

「竹田刑事、すぐに救急車を止めるんだ！　看守を乗せた救急車だよ。早く！」

「あ？　なんだよ、説明してくれよ」

体を捻(ひね)って竹田が訊いた。

縁の顔は見えないが、視界に入った庵堂が縁の代わりに叫んでいた。

「救急搬送されているのが左近です！」

鋭くけたたましい音を立て、竹田刑事の電話が鳴った。竹田は怒鳴る。

「なんだって？」

バカヤロウ！　と吐き捨てて、バックミラーの縁を睨んだ。

「救急搬送中の車両が事故を起こして患者が消えた」

「くそっ！」

縁はヘッドレストを突き離し、後部座席に背中を預けて両目を覆った。

「……遅かった」

「なんだよ。え？　説明してくれよ。何がどうしてこうなったって思うんだ」

竹田同様に真壁もわけがわからない。看守を襲って逃げた左近が、どうして、『救急搬送されているのが左近です！』になるというのか。

考えていると、悔しげに顔を歪めて縁が言った。

「備品室とか収納庫とか……鍵のかかる場所を確認させて。たぶん死体があるはずだ」

竹田は眉尻を下げて「ええ？」と、唸り、また電話して、署内を確認する命令を出した。返事を急げと告げてから、シートベルトを外して真後ろを向き、縁の顔を覗き込む。

「わかるように説明してくれ。作家先生よ」

縁は唇を嚙みしめている。

朝顔模様の団扇を膝に置き、柄の部分を握る手に力を込めた。

「看守を襲って逃亡するのは、そう簡単なことじゃない。それより取調中に隙を見て、アクリル遮蔽板や窓を壊して逃げた方が早い。でも、左近は自分をエリートだと思っているから、劇場型の動きを好む。反吐が出るほどナルシストなんだ」

「前置きはいい」

竹田が言うと、

「月岡玲奈さ」

と、縁は答えた。

「彼女は自分を安全地帯に置き、偶発を装って相手を操る。これだと誰か捕まっても自分に火の粉は飛んでこないし、実行犯も玲奈に操られたとは思ってないから、『たまたま』左近に有利な状況が起きて、左近が自らそれを利用したようにするはずなんだ」

「どうやって」

と、竹田が訊いた。

「玲奈が下着を差し入れたなら、そこに形状記憶繊維かなにかを仕込んでいたはず。左近がすぐに気付くよう、面会時にヒントも与えたはずだ」

「繊維？　繊維ってなんです？」

と、真壁も訊いた。またも答えたのは庵堂だった。

「形状記憶合金、もしくはポリマーなどの可能性があります。それをたとえばシャツの裾などに縫い込んでおけば、通常は布に見えるので怪しまれない。ただし、水で冷やしたり強い力で引っ張るなどすると、硬化して凶器に変わるんです。数秒でまた軟化しますが、その間はナイフやメスのように使用できる。特殊素材は軍の特殊部隊だけでなく、医療現場などでも普通に活用されるようになってきたので、アカデミーにあっても何ら不思議ではありません」

「マジかよ」

竹田が呟いたとき、携帯電話が鳴った。タクシー運転手は一言も喋ることなく、一心に前を見て運転している。神田警察署まで一時間足らずの道のりのはずが、花火大会の規制もあって、もどかしいほど進まない。竹田は前に向き直って電話に出ると、

「クソッタレ」

と、帽子を脱ぎ捨て、おかっぱ頭をぐしゃぐしゃにした。相手の話を聞きながら、拳で自分の額を叩いている。しばらくすると、

「いいか？　これからそっちに戻るから、左近がアカデミーの弁護士らと面会したときの映像を、確認できるようにしといてくれや。もう向かっているからな、急げよ」

そして運転手に、

「あとどれくらいだ」

と訊いた。

「十五分程度だと思います」

「聞こえたか？　俺はあと十五分程度で着くからな。あ？　ああ、わかってるよ」

通話を終えるとため息を吐き、シャツの裾をめくり上げて顔面を拭いた。また振り返って縁に囁く。後部座席の真ん中に座らされた真壁にも、当然ながら声は聞こえた。

「留置場のバックヤードで看守の死体が見つかった――」

忌々しげに竹田は唸る。

「――制服を剝ぎ取られ、手足を拘束されて……全身の血が抜き取られていたそうだ」

真壁は思わず眉をひそめた。

「左近は看守を殺して制服を剝ぎ、血を抜いて、それを自分にかけたんだ。自分の顔を傷つけて、敢えて血まみれになって正体を隠した……そうやって床に転がっていれば、あとは救急搬送されるのを待つだけだ」

「署には監視カメラがあるじゃないですか。なのに、どうして」

真壁が訊いた。

「そうだが、目の前に瀕死の同僚が転がっていて、殺人鬼が消えてたら、普通は救急車を呼んだり、捜索するのが先だろうがよ。腸がはみ出ていたんだぞ？　下手に触れねえし、映像を確認するのなんかその後だよ。普通はよ」

「左近はまんまと救急車に乗せられて、署を離れるのを待って救急隊員に襲いかかった。事故が起き、そして本当に逃げたんだ」

「クソッタレ……野郎は殺人を楽しんでいやがる」

竹田は運転手に聞こえないよう、両手をメガホンにして言った。

「看守は腹部が切り裂かれ、腸がまるごと引き出されていたってよ。一部を切り取ってカムフラージュに使いやがった……あいつは真性のイカれ野郎だ」

縁と庵堂の真ん中で、真壁は吐きそうになって口を押さえた。


タクシーが神田警察署にさしかかると、周辺は蜂の巣を突いたような騒ぎになっていた。竹田は少し離れた路上で車を停めさせ、警察署の裏口へ走った。浴衣姿の男女とラフな恰好のオッサンと、同じくらいラフな恰好の竹田刑事が裏口から署内に入っても、内部は鑑識官や警察官らが右往左往していて、きつく侵入を止められることもなかった。若い警察官がひとり、こちらを見咎めて近づいて来たが、おかっぱ頭の竹田に気付くと頭を下げて道を譲った。

階段を下りてきた若い刑事が竹田を見つけ、走り寄ってきて言った。

「……竹田さん」

怒りなのか、恐怖のせいか、少し震えているようだ。廊下には人がごった返して、ざわめきが波のように寄せてくる。床に転々と血痕があり、亡くなった看守の遺体が安置所へと運ばれていく。これから見分をするのだろう。若い刑事は続けて言った。

「左近の留置室を確認したら、枕を破いて、中に真新しい下着が押し込んでありました。襟と裾が切り取られています」

竹田は縁を振り向いた。看守の遺体を見送ってから、若い刑事を仰ぎ見る。

「準備はできてるか？」

「はい」

「連中にも見てもらうからな」

若い刑事は怪訝そうな顔で縁らを見た。緊迫した空気と不似合いな恰好の三人組だ。竹田は部下に質問の間を与えず、背中を向けて歩き始めた。

縁と真壁と庵堂は、竹田と若い刑事に連れられて、物置部屋のような狭くて暗い部屋に入った。ひとつだけの窓はブラインドが下がって、効きの悪いエアコンがブーブーと大きな音を立てている。間口が狭く奥へ長いその部屋は、両側がスチール棚で、天井まで段ボール箱が積み上がっていた。中央に空いたスペースには埃(ほこり)だらけのデスクがあって、旧型のデスクトップパソコンが置かれている。デスクと同じくらい古びた椅子が一脚だけ、ほかは三角コーンやバリケードの材料や、のぼり旗や小型の誘導看板などが雑多に積み上げられていた。

「もっとまともな部屋はなかったのかよ」

若い刑事に竹田が訊くと、

「仕方ありませんよ。署内が殺人現場になったんですから――」

彼は下唇を突き出した。

「――明らかに人の出入りがなかった部屋がここだったので」

「わかった。まあいい」

竹田は若い刑事を座らせて、パソコンを起動させた。

カラコロと下駄の音をさせながら、モニターが見える位置まで縁が進むと、刑事は一瞬だけ縁を見たが、竹田がコツンと頭を小突いて、

「早いとこ回せ」

と、顎をしゃくった。

モニター画面が二つに分かれ、接見室の留置場側と面会室側を映し出す。左近万真はすでに椅子に座っていて、面会室には月岡玲奈と、弁護士らしき男がいた。

「これが一昨日の映像か？」

と、竹田が訊いた。

「午前九時四十五分。警察官が確認した差し入れ品は、現金三万円、被疑者ノートと、男性用下着が一式ですね」

竹田がチラリと縁を見やった。

「会話は？　聞ける？」

縁が問うと刑事が答えた。

「内容は刑務官が記録していましたが、会社が弁護士を手配するという話と、あとは、お見舞(みま)いでした」

「そうでなく、生の会話を聞きたいんだよ」

「音声はねえよ。面会記録を取ってるからな」

竹田が言うと、縁は刑事の肩に手をかけた。

「わかった。じゃ、面会人の口元が見えるよう映像を大きくして見せて。唇の動きを読むから」

刑事は竹田を振り仰ぎ、彼が頷いたので映像を操作した。月岡玲奈と小賀という名の弁護士の顔がよく見える。ボブカットで女優のような顔をした玲奈はいつものように微笑(ほほえ)んでいて、計算された唇のかたちと目の細め方は精巧に作られた仮面のようだ。

「と……ん……だ……災難だったわね」

　唇を読んで縁は呟いた。

「あ？　なんだって？」

「読唇術(どくしんじゅつ)。昔、ある人からやり方を教わったんだよ。声を出せない患者の言葉を聞き取るために、その人は唇を読んだんだ」

　そして縁はまた言った。

「どうしてバカな真似(まね)をしたの？　左近先生ともあろう人が」

「月岡玲奈の言葉だな」

　竹田が唸る。一人だけ椅子にかけている若い刑事は、さっきからずっと、（なんだ？この連中は）と言いたげな表情でモニターを見ている。

「私があなたに便宜(べんぎ)を図(はか)って、吉井加代子に会わせたせいなの？　それとも……理由があるなら仰(おっしゃ)って」

　縁はそこで言葉を切ると、首を伸ばして唇を噛んだ。

「怪しげな会話はしてねえな」

　と、竹田が呟く。

「いや、まって。下着について喋ってる」

　縁は食い入るようにモニターを見て言った。

「あなたには失望したけれど、長い間アカデミーに貢献してもらったことは感謝している。だから弁護費用もこちらで持つし、担当官に差し入れを預けておいたわ。現金と、あと下着。左近先生に相応しい最高級品よ」

「それだけで繊維に気がつくものか？」

と、竹田は訊いた。

「手にしてみれば普通の下着と違います。左近が『たまたま』それに気付いたということでしょう。月岡玲奈は用心深いですから、言質を取られるような真似はしません」

「庵堂の言うとおりだよ。身につけて着心地が妙だと感じて実行するまで、タイムラグがあっても気にしないんだ。すべての不幸は『たまたま』、『偶然』に起きなきゃならない。下着のことで玲奈を責めても、一番高い下着を買ってこさせただけで、機能については知らなかったと言うはずだ。彼女の嘘を暴くのは容易じゃないよ」

差し入れの下着に凶器が仕込んであったというなら、事実上、左近の逃亡を手助けしたのは月岡玲奈だ。なんのためにそれをした？　真壁は考え、ハッと気付いた。

前回失敗した縁殺害のためじゃないのか。

考えを口に出すより早く、縁が、

「……ん？」

と、前のめりになった。そのまま無言でモニターに見入っている。真壁は庵堂の顔色も窺ったが、両腕を組んで立ったまま、相変わらずのポーカーフェイスだ。

「左近万真の表情が変わった」

モニターを指して縁は言った。玲奈の唇を読むことはせず、身体を伸ばして耳元の後れ毛を掻き上げる。縁が言った通りに、モニターでは行儀よく座っていた左近の両手が自分の膝頭を掴んでいた。弁護士が玲奈のお喋りを止め、そこから先は会話の主体が弁護士に移った。

あとは業務連絡をしている感じだ。玲奈はまったく表情が変わらず、組織から犯罪者を出してしまった責任を感じているという苦悶の顔を貫いている。

真壁はモニターから目を逸らし、その拍子に縁と庵堂が視線を交わしているのに気がついた。

「あの野郎はどこへ逃げたと思う？　え？　教えてくれよ、先生よ」

振り返って竹田が訊いた。すかさず真壁が口に出す。

「もしかして雨宮先生を狙うつもりじゃないですか？　捕まえるときに左近を散々ディスってましたし、思い出しても左近はもの凄い形相をしてましたしね」

「あんたに復讐するためってか」

竹田の言葉に若い刑事も顔を上げ、身体を捻って縁らを見た。竹田が左近を逮捕したとき協力したのがミステリー作家とその編集者だと聞いてはいたが、まさか彼らが、と、刑事は表情で語っている。それにしては一人多いな。

「たしかにな。あんときゃ、先生、かなりな勢いで左近をこき下ろしていたもんな。野郎は執念深い性格だから、先生に復讐ってのはあるかもな……つまり、なにか？　先生を張ってれば左近が現れるって寸法か？」

ベタ付いたおかっぱ頭に指を突っ込み、竹田が縁に訊いてくる。

「残念だけど、それは無理だよ」

縁は言下に否定した。

「左近はボクの顔を知らない。殺したくても見つけられない」

「あ、そうか。たしかに」

と、真壁も言った。縁は薄く嗤っている。

「ボクの心配なんかしてる間に、早くあのケダモノを手配しないと。今は最高に興奮していて無敵になった気分だろうから……欲望をコントロールできないはずだ」

「素人に言われなくても手配はしたさ。ちくしょうめ」

竹田が唇を噛んだとき、若い刑事がデスクに置いていたスマホを取った。耳に当て、

「笹子です。はい、今は署内で、竹田刑事と監視映像の確認を……えっ！」

大声を上げて腰を浮かせた。

「はい。はい。わかりました」

そして刑事は竹田を見つめ、

「墨田区の個人住宅で、同様の手口を用いたコロシです。本所警察署の担当官が現場を見に来てくれないかと」

　立ち上がって竹田に言った。

「あんだってぇ」

「被害者はその家に暮らす老夫婦で、犯行後にシャワーと、漂白剤も使っていると……あと今回は夫がイチモツを切り取られているそうです」

　クソッタレ！　と竹田は言って、刑事にパソコンを閉じさせた。臨場の準備をしようと顔を上げたとき、すでに縁らは廊下に出ていた。

「あっちもこっちも大騒ぎだよ、いったい何が起きていやがる」

　部屋を出てきて竹田が言うと、縁は丸メガネの奥から竹田を見つめ、

「これでわかった。やっぱりナイトウォーカーだ。一軒目の殺害現場に、女を追ってきた男なんていなかった。犯人は一人暮らしで、一軒目のアパートと今回の家、どちらも知っている人物だ」

　と、静かに言った。

「あ？　犯人と被害者に面識があるってか。独身ＯＬと老夫婦だぞ？」

「そうじゃなく、住まいを知っていると言ったんだ」

「わけがわからねえ。謎かけはいい加減にしてくれや」

「謎かけなんかしていない。ナイトウォーカーについて話したろ？　眠っている間に別人格が目覚めて怒りを爆発させるんだ。いい？　夢だから意識の中では時空がずれてる。彷徨っているのは記憶の世界だ。アパートも、その家も、かつて住んだか、関わりのあった場所なんだ。そいつには被害者が別の誰かに見える。現実世界でやりたくてもできなかったことをやっているんだ。自分を解放して、苦しみを終わらせるために」

竹田はしばし縁を見つめ、やがて、言われたことを理解したようだった。笹子という刑事を振り向くと、

「当該住居の登記簿を調べさせろ。アパートは不動産屋と大家に当たって住人リストを手に入れろ。俺は着替えてくるからな、その間に手配しておけ。戻ったら、俺たちは現場へ飛ぶぞ」

「はい」

答えて笹子はどこかへ消えた。

「先生、ありがとよ。外まで送るわ」

竹田に促されて裏口へ向かうとき、建物の正面にメディア関係者が押しかけて来るのが見えた。殺人鬼左近万真を逃がしただけでなく、死者まで出してしまった所轄署は、さらに大騒ぎになっていた。

署から離れた場所まで歩いてから、縁らはアプリを使ってタクシーを呼んだ。

熱帯夜の街に佇みながら、最初に口を開いたのは真壁だ。

「本当に大丈夫なんですか？　左近は先生を襲いませんか？」

そして一番の心配事を付け足した。

「もしくは俺を」

浴衣の縁はメガネを外した。それを合わせに押し込んで、真面目な顔で真壁を見た。

「それはない。ボクらも真壁さんもすでに左近の眼中にはない。安心していいよ」

そしてニッコリと白い歯を見せた。

「なんでそう言い切れるんです？　俺はイヤですよ？　突然気道を切り裂かれたり」

「大丈夫ですよ」

と、庵堂も言った。

「玲奈の唇を読んだから、ボクと庵堂は、彼女が何を考えているのか、わかるんだ」

「何をって……」

「うん」

縁は頷き、一瞬だけ足下を見てから顔を上げ、真壁に向かって微笑んだ。

「トラップが効いてきた。真壁さんは仲間だから、隠し事はもう何もない。今はボクらがハンターで、吉井加代子と月岡玲奈を一気に狩る段階なんだ」

だから、俺はその具体的なやり方ってのを聞きたいんですよ。と、真壁は心で呟いた。あんな怪物母子をどうやって狩る気なんですか。

真壁が最も危惧(きぐ)しているのは、

「先生。まさか二人を……殺(や)っちまおうとか思ってませんよね？」

訊ねる先から当然のように庵堂を見る。腕に覚えのある庵堂ならば、どのハンターよりも効率的に二人を殺害できそうだ。

「いや、まさか」

と、縁は笑った。

「そんな顔したって騙(だま)されませんよ？　先生が復讐したい気持ちは理解できますけどね、如何(いか)に『チーム縁』の一員といっても、殺人に加担するのはごめんです」

「そんなことしない。サイコパスを気取ってみても、残念ながらボクも庵堂も『真性』じゃない。痛みや悲しみを理解できるし、ヤツらみたいに無関係な人を巻き込むことに悦楽を感じたりはしないんだ」

「だから、どうやって止めるか訊いてんですよ。やり方とか方法とか手順とか、ほかにも色々あるでしょうがよ」

「面会室の監視映像で……」

と、庵堂が言った。

「月岡玲奈が左近万真を煽っていました。雨宮はその部分を通訳しませんでしたが、私も唇を読めるので、玲奈の魂胆がわかったんです」

何台かの車が行き過ぎて、警察署のあたりがますます明るくなっていく。幸いにも歩行者の姿はほとんどなくて、タクシーを待つ道は静かだ。

どんな魂胆だよ？　と、真壁は心で庵堂に訊ね、聞こえたように庵堂は答えた。

「吉井加代子が左近を間抜けとあざ笑っている。玲奈はそう告げたんです。せっかく面会させてあげたのに、加代子は左近に失望し、雑魚は雑魚だと切り捨てたとね」

「それで左近は顔色を変えたんですね？　心酔する吉井に罵られて」

「すべて玲奈の策なんだ。ボクを捧げようとまでしたのに、加代子はおまえを唾棄していると、玲奈はわざわざ知らせたんだから。プライドの塊みたいな左近の怒りは如何ほどか……つまり左近はボクを殺すためじゃなく、加代子を襲うために脱走したんだ。そういうわけで真壁さんは安全だよ。左近はボクらのことなど疾うに念頭にない」

「左近が吉井加代子を襲うんですか？……じゃ、竹田刑事に話して病院を張り込めば」

「しーっ」

縁は人差し指を立ててニヤリと笑った。

「竹田刑事は忙しい。ナイトウォーカーを追わなきゃだから……でしょ？」

瞳が妖（あや）しく光って見えて、真壁はゴクリと空気を飲んだ。最初からそういう作戦だったんですかと、二人に訊くのは怖かった。真壁は浴衣姿の縁の奥に、サイコパスの殺人者キサラギ少年を見ている気がした。答えが予測できるから余計に、肯定されたら逃げ場を失う。真壁の気持ちを察したように、縁はキサラギの声で言う。

「これはボクにとっていい兆候だ。真壁さん。起承転結の、今は『転』だね。伏線（ふくせん）を張り終わり、あとは回収するだけだ。ボクは後半に行くほど執筆スピードが上がるタイプだしね」

タクシーが間もなく到着すると、庵堂のスマホに着信が来た。縁は誰に言うともなく、

「吉井加代子のパソコンは玲奈がアクセスを制限したけど、今は必要な情報を入手できるようになったみたいだ。黄金社が運営する架空の文芸サイト【ゴールド】で」

「は？　え？　なんですと？」

「左近の脱走を手引きしたのが月岡玲奈であることも、間もなくサイトの記事になりますよ」

縁に続けて庵堂が言う。

なんでうちの会社が架空の文芸サイトを、と、喉まで出かかった言葉を真壁は口にしなかった。『黄金社が運営する架空の文芸サイト』は記号に過ぎない。

取り壊し予定の廃ビルが縁の事務所になっていたときと同じこと。彼らの行動、彼らの

言葉、目の前の実像さえも、虚構世界でのみ成立している幻なんだと真壁は思った。

縁がデビューしてからこっち、俺はナニと付き合って、ナニと仕事をしてきたのだろう。それでも縁という作家に惚れて、一緒に苦労して本を作って、読者と共に彼の世界を愛したことは、夢なんかじゃないぞと悔し紛れに真壁は思う。

誰からともなく会話をやめて、近づいてくるタクシーを見守った。

浴衣の二人と軽装の真壁を、運転手は祭り帰りの気楽な客だと思うだろう。

「今の仕事が終わったら、ぜひ新作について話し合いたいものですね」

皮肉半分、本心半分で言ってはみたが、縁は何も答えなかった。

丸メガネと浴衣というシンプルな変装。そんな縁の横顔を見ているうちに、真壁はふと、ゴージャスな美熟女だった『黄昏のマダム探偵・響鬼文佳』には、もう二度と会えないんだなと寂しくなった。

第四章　名前がない患者

翌日。

竹田が笹子刑事と臨場した第二の殺人現場は、墨田区本所(ほんじょ)の閑静(かんせい)な住宅地にあった。築四十年という平屋建ての一軒家で、住人の老夫婦が被害者だ。殺害現場は寝室で、やはり二十六センチの足跡が残されていたという。犯行後に浴室を使っていること、台所から持ち出した漂白剤が撒(ま)かれていたことは前回の現場と同様である。

ただし玄関は施錠されており、ポストに新聞が溜(た)まっているのを不審に思った近所の人が、庭に回って寝室を覗(のぞ)いたことで事件が発覚した。遺体は死後三日程度が経過していたようだ。

本所警察署の捜査員と事件の共通点をすりあわせる。この家に水を汲(く)んだコップはなく、夫のみが下半身の一部を切り取られて、部位は遺体の横に放置されていたという。

「鈍器で頭部を殴打(おうだ)したあと、布団を剝(は)いでさらに全身を切りつけています」

本所警察署の刑事が竹田に言った。

遺体は暑さで腐敗が進み、家の中はハエだらけだ。すでに遺体は搬出された後だが、卵からウジが孵りはじめて、血を吸った布団の上を這い回っている。笹子刑事はハンカチで口と鼻を覆ったまま、一言も言葉を発せずにいる。この臭いでは喋ったとたんに吐くだろう。竹田はポケットから出したメンタム軟膏を何度か鼻にこすりつけた。

「鈍器は何か、わかってんのか？」

「レンガブロックでした。玄関に植木鉢の土台として置いてあったもののようです。ちなみに、被害者夫婦は家の鍵を常時新聞受けに置いていました。マグネットで天板に貼る方式で」

「犯人が鍵の場所を知ってたってこともあるか」

と、竹田は言った。

「そう思います。血の付いた鍵が同じ場所に戻されていましたから。親しい人は鍵のありかを知っていて、外出中の洗濯物とか荷物の受け取りなどで、オープンに出入りしていたようです。不用心だと忠告しても、本人たちが、盗まれるものもないからと」

「それで命を盗られちゃな」

「確かに本末転倒です」

無数のハエが顔や身体に張り付いてくる。それを手で払いのけながら竹田は言った。

「刃物はどうだ？　こっちの現場じゃ日本カミソリと見ているんだが」

「同様でした。部位の切り口を見たらゾッとしますよ。男なら特にね」

「で、かみさんの遺体は損壊されていなかった、と」

「ご亭主だけです。怨みでしょうかね、いや……なんだって……」

ついに耐えきれなくなったのか、笹子が外へ出て行った。裏へ回って吐いていることだろう。

「ありゃ神田署の駆け出しなんだが、まあ、許してやってくれ。真夏にこんな現場じゃなあ、ベテランの俺でも辟易するが」

本所警察署の刑事はニヤニヤしながら頷いた。

「一度は通る道ですからね」

「ときに、この家の夫婦はここに住んでどれくらいだ？」

竹田は壁や天井を見回して訊ねた。古いタイプの照明器具や襖には、転々と血しぶきが飛んでいる。壁紙も天井の仕様も今風には見えないし、けっこう築年数がありそうだ。

本所警察署の刑事は手帳を出した。

「十年以上になるそうです。競売物件だったようで、越して来たときからご夫婦だけ。子供はすでに片付いて、希に孫など連れて泊まりに来ていたようですが」

「家を改修したりは……してねえ感じだな」

竹田はさらに室内を見回し、

「大きく変えた形跡はナシか」

と自分に言って、頷いた。

縁が言うように犯人がこの家を知っていたとして、鍵の隠し場所や寝室にしたい部屋などは、けっこう限定されるかもしれない。それにしても、どうして……犯人が凄惨な犯行に至った心理が想像できない。あれか。と、竹田は眉をひそめた。

親や家族を困らせるために無差別殺人やバスジャックをしてやろうって犯人の心理と同様か。そうだとすれば男性被害者のイチモツを切断したのはなぜだ。

寝室は庭に面してサッシの引き戸になっている。内側に障子を巡らせてあるが、近所の人は様子を見に来て障子の血しぶきに気がついた。破れ目から敷きっぱなしの布団も見えた。奥さんのほうは即死だが、それでも身体を刻まれている。旦那のほうには抵抗した跡があり、より凄惨な最期を迎えたようだ。縁の言うとおりに眠っている間に別人格が起こした犯行だとして、眠ったままで、こんな所業を、人はできるものなのだろうか。

「……それこそ左近みてえな精神科医に聞いてみるしかねえのかもなぁ」

竹田はボソリと呟いた。

そのころ黄金社のロビーでは、簡易的な休憩スペースに蒲田と飯野が座っていた。

装丁デザインの打ち合わせに来たわけでもないから入館証をもらうこともなく、二人は受付スタッフに取り次ぎを頼んで真壁が来るのを待っていた。

ロビーより奥にあるエレベーターが何度か行き来を繰り返し、社員たちが出入りして、やがて真壁がやって来た。開襟シャツにカーゴパンツという軽装で、手にはスケジュール帳を持っている。彼は受付スタッフに目配せすると、真っ直ぐ蒲田らの許へやって来た。

ロビーは冷房が効いているが、巨大なガラス窓の向こうは真夏の日差しだ。

「悪い悪い、待たせたね」

蒲田と飯野は共に立ち上がって真壁を迎えた。

「飯野さんもお久しぶり。今日はどうしたの？　二人して」

訊きながら、真壁が先に椅子に座った。

二人もすぐに腰を下ろすと思っていたのに、立ったままで蒲田が言った。

「忙しいのにすみません。別に機会を設けるような話でもなくて、真壁さんが会社にいる時間を狙って来たんです」

「……うん……それで？」

座った位置から見上げると、心なしか飯野の表情が楽しげだった。蒲田が言った。

「ぼくたち、入籍したんです」

「ふぁっ」

と、思わず腰を浮かせて、真壁は飯野が頷くのを見た。

「真壁さんには色々心配して頂いたから、真っ先に報告しようと蒲田くんと決めていて」

「え、いや、あれ。いつの間に」

「プロポーズしたのはつい先日です。飯野が受けてくれたから、入籍の日だけ選んで待っていたんです。で、今さっき区役所で婚姻届を出してきました」

　蒲田が凜々しく話を括る。

「いやぁ……そうか……そうなんだ……蒲田くん、やったな。おめでとう。や、ホントに」

　おめでとう。

　と、真壁は立ち上がって、もう一度言う。立ったままの二人を座らせて、自分も座って身を乗り出した。

「そうか、よかった、おめでとう。いや、めでたい」

　飯野はクスクス笑い出した。

「真壁さんったら……そんな挙動不審にならなくていいのに」

「挙動不審かな。でもさ」

　そして蒲田を真っ直ぐに見た。

「やるときゃやるねえ、蒲田くん」

「ぼくのこと、どう思っていたんです？」

「いや、いいヤツだと思ってたけどさ、早いとこプロポーズしちまえとも思ってたけどさ、もうちょっとマゴマゴするのかなあと……そうか……いや、めでたいな」

蒲田は微妙な顔をして、苦笑いのように眉根を寄せた。飯野が言う。

「それで真壁さん。私たち、雨宮先生にも報告したいと思ってるんですけど……だって先生がいなかったら、私、とっくに死んでいたかもしれないし」

「先生はどこにいるのかわからないんですよね？――」

と、蒲田も訊いた。

「――それか、例のところへ行けば会えるんですか？　真壁さんなら」

「うーん……そうだなぁ」

真壁は椅子を引いて脚を組み、耳の後ろを搔きながら声をひそめた。

「色々と事情が複雑だしなあ……先生は、結婚を知ったらよけいに蒲田くんたちを遠ざけたいと思うんじゃないのかな……いや、もちろん祝福してくれるだろうし、喜んでくれるのは間違いないよ？　だけどさ」

念を押すように言ってから、ちょっと難しい顔をした。

「この週末に会ったときは、起承転結の『転』まで来てるって……それで、『結』を書くためにまた潜った感じなんだよなあ」

「なんですかそれ」

「うん、あのさ」

竹田刑事が追っている二つの殺人事件、左近万真が留置場を脱走したことも、真壁は蒲田と飯野に話した。

「左近の逃亡はニュースで見たけど、あれって月岡玲奈が手引きしたってことだったんですか？」

目を丸くしてヒソヒソ声になり、蒲田が真壁に訊いてくる。

「まさか雨宮先生を狙って？」

飯野もすかさずそう言った。

「俺もそう思ったけど違うんだ。そうじゃなくて……うーん……あのさ」

真壁は受付スタッフの様子を確認すると、さらに身を乗り出した。

「あまり誤解を招くことは言いたくないけど……だからこれはあくまでも俺の主観だけどさ。左近万真の脱走含め、あれもこれも先生のトラップっぽいんだよな……知るのが怖すぎて確認できていないんだけど」

蒲田と飯野は顔を見合わせ、やがて蒲田がこう訊いた。

「『結』を書くって言うのはつまり……計画が終盤にさしかかっているってことですね？　当然ながら、真壁さんも一枚嚙(か)んでいるんですよね」

「当然ながらとか言うな。なんで俺が一枚嚙むんだよ」

「だって先生のことを本にして大儲けしようと」

「バカ、声がデカいよ」

真壁はズボンのポケットから手鏡を出して、受付スタッフが会話を聞いていないか確認した。

「嚙むも何も、先生とは前みたいに連絡が取れないんだぞ。もちろん俺だって先生の役に立ちたいとは思っているよ？　違法なことをしない限りは」

蒲田がジーッと真壁を見ている。もの言いたげな表情だ。代わりに飯野がこう言った。

「雨宮先生は、ハンターとハンター予備軍と、ハンターを作り出す者を一網打尽にするつもりなんですよね。そういうことなら私だってお手伝いしたいです。先生にもらった命ですから」

「や。今は蒲田くんの命だろ」

「もちろんぼくも手伝いますよ。先生は飯野の恩人だし……もちろん飯野に危険が及ばない範囲で、ですけど」

「だからそれを俺に言うなよ」

真壁は深くため息を吐き、呆れ顔で二人を眺めた。

「めでたい報告が、なんでこんな話になってるんだよ」

「たしかにそうね」

　そこで飯野が初めて笑う。

「とにかく、二人の気持ちはわかったよ。先生に会えたら言っておく」

「いつ会うんですか?」

「狙って来たくせに。今夜がセラピーの日ってわかってんだろ」

「そんなつもりじゃなかったけど……じゃ、進捗(しんちょく)状況も聞けるんですね。電話ください」

「そう願うよ。早いとこ決着つけてもらわないとさ。左近のようなヤツがどこかをウロウロしているなんて、怖くてトンデモないからなあ」

「そうよね。こうしている間にもハンターが誰かを狙っているとか……許せない」

　テーブルの上で握りしめた飯野の拳(こぶし)を、蒲田の手が優しく包んだ。

　横目でそれを眺めつつ、この二人には幸せになってほしいものだと、真壁は心から思っていた。


　夕方。

　真壁は『いけはた病院』のグループセラピーに参加するため、いつもの道を歩いていた。今月のセラピーはこれで最後だ。縁は手を引けと言ったけど、彼との連絡手段はほかにないのだ。真壁だって病院になど行きたくないわけで……手を引く代わりに連絡手段を確保したいと、今夜は縁に伝えてみようか。

冷えたビールが恋しい夏の宵である。飲み屋を探すサラリーマンで、歩道はさらに混雑していた。人混みに流されながらトボトボと歩くのも、次第に板についてきた。こんなところを女房が見たら本気で心配するんじゃないか。仕事の関係者に見られたら、あらぬ噂が立つかもしれない。縁の計画が『結』を迎えるというのなら、早いとこ見届けて『通常営業』に戻りたい。そしてノンフィクション本を書くのだ。俺は文芸の編集じゃなく、ノンフィクション部門の編集だからな。

正体不明の作家に翻弄され続けた長い時間が、走馬灯のように駆け抜けていく。

「いや、黄昏れるのはまだ早い。俺のほうは、ここからが本当の勝負じゃないか」

真壁は自分にそう言って、病院の夜間通用口へと急いだ。

いけはた病院の夜間通用口は、リネン類の搬入搬出や救急車両の受け入れのために一階部分がセットバックしている。セラピー参加者はそこから院内に入るのだが、俯き加減に顔を隠してスペースへ足を踏み入れたとき、真壁は見知った二人連れが守衛室のインターホンを押そうとしているのに気がついた。

一人は笹子と呼ばれた若い刑事で、隣にいるのがおかっぱ頭だ。

「げ」

足を止めて唸ったとたん、振り返った竹田が素っ頓狂な声を出す。

「なんだ、とっつぁん。こんなところで何やってんだ」

そしてズンズン近寄ってくると、真壁の二の腕を抱えて往来へと押し出した。笹子も一緒についてくる。病院から少し離れたところにバス停があるが、竹田はそこまで真壁を連れて行ってから、バス待ちのフリをして訊いた。

「あ？　これも作家先生の差し金だってか？　まさか俺に情報を隠してたとかじゃねえだろうな」

真壁は二の腕を振り払い、緩めたネクタイを戻して言った。

「そんなわけないじゃないですか。何か知ってたら教えてますすよ。竹田さんじゃあるまいし……」

笹子は顔を背けて笑った。

「じゃあなんで左近の病院なんかに来てんだよ」

「左近の病院じゃなくて、左近の元妻の父親がやってる病院ですよ」

「うるせえよ。質問の答えになってねえ」

「メンタルが不調だから通っていただけで、今夜、急に来たのと違います」

そう答えると、竹田は上目遣いに真壁を睨んで、

「ほんとうだな？」

と、すごんで訊いた。

「嘘（うそ）ってどうすんですか。ていうか竹田さんこそ、こんなところで何してるんです」

竹田は薬指と小指で額を掻いた。とぼけた顔で視線を逸（そ）らし、独り言を呟くような声で言う。

「例の作家先生がよ、言ってた件を確認しに来たんだよ」

「どの件ですか？」

「ナイトウォーカーは被害者ではなく、建物を知っていると言われた件です」

横から笹子が答えをくれた。竹田も頷く。

「ま……あんたは情報提供者だから教えてやるが、四十代女性のアパートと、老夫婦が殺害された本所の住宅、双方の居住者リストを調べていったら、二軒に共通して住んでた一家がみつかったんだよ」

「誰ですか？」

「かなり昔になりますが、神田のアパートに住んでいた一家が、後に本所に家を建てて引っ越していたんです。その後、住宅ローンの返済が滞（とどこお）って家を手放し、競売にかけられたのを買ったのが今回の被害者夫婦でした。家を売った家族は現在、川越（かわごえ）の市営住宅で暮らしていますが、夫婦とも九十代と八十代の高齢者です。夫は公務員で定年まで勤め上げ、妻の方は教員でした。夫婦には三人の子供がいて、一人は現在福岡在住、一人は五年前に病死しています。後の一人が都内在住で、保険記録を調べてみたら左近の病院に通っていた記録があったんです。長男で、現在も保険が適用されていて」

「どうだ。左近とのつながりが出てきたってわけだ。作家先生も言ってたろ？　左近の野郎が逮捕されても、新しい……なんだ、ギビングなんとかが、またハンターを作るって」

「どっちかというと先生の推理には反対だったじゃないですか。女を追っかけて男が来て、それで被害者を殺したんですよね？」

真壁は思わず眉根を寄せたが、竹田は聞こえないふりをしている。

「まあ、いいけども……その人物は男性で……ならば、まあ、足が二十六センチあっても不思議じゃないか」

「だろ？　作家先生の推理だと、そこが説明つかなかったじゃねえか」

竹田は水を得た魚のようにドヤ顔をした。

「その人物は名前もわかっているんですか？」

真壁が訊くと笹子は捜査手帳を確認し、

「アパートと住宅に共通して住んだ一家は綿谷（わたや）という名字です。長男が健志郎（けんしろう）。既往歴は躁鬱病（そううつびょう）、不眠症、心身症、パラノイア。今もいけはた病院でセラピーを受けているはずですが、心当たりは？」

と、答えた。真壁は眉をひそめて首を傾（かし）げた。

「個別診療でグループセラピーじゃないのかもしれませんねえ。俺はメンバー全員の名前と顔を覚えましたけど、綿谷なんてのはいませんよ」

「本当かよ」

と、竹田が訊ねる。

「セラピーの参加者は二十人程度で、必ず名字で呼び合いますが、綿谷は聞いたことがないですね。っていうか」

真壁は竹田の顔を見た。

「それでこんな時間に病院を訪ねようとしてたんですか？」

「おうよ。グループなんちゃらって集まりにな」

これ見よがしに宙を見上げて、真壁はわざとらしくため息を吐いた。

「もう……あのですね。言いにくいことを敢えて言わせてもらいますけどね、警察ってのはどうしていつも、芸のない真っ向勝負で聞き込みに来るんです？　そんなんじゃ巨悪を根絶できないでしょうが。特に今回のような相手の場合は」

意を決して言ったのに、笹子も竹田もキョトンとしている。

真壁はだんだん腹が立ってきた。

せっかく縁と自分らが搦め手で黒幕に迫ろうとしているのに、本物の刑事はハンターやギビングパーソンがいるかもしれないセラピーに、『ナイトウォーカーはいますか？』と聞きに来る。それですべてが台無しだ。ギビングパーソンは病院を去り、月岡玲奈は知らん顔を決め込んで、実行犯だけが逮捕され、また同じことの繰り返し。真壁は顔をつるりと撫でて、バス停のベンチに無理矢理竹田を座らせた。膝をつき合わせて顔を見る。

「何を聞き込むつもりか知りませんけど、セラピーに刑事が乗り込んで来たら、一巻の終わりですよ？　ナイトウォーカーは逮捕できても、ギビングパーソンを取り逃がす。そしてまた新手のハンターが生まれるんです。そんなことくらい、ちょっと考えたらわかるでしょうが」

「そうは言うけど、俺たちは捜査本部が追うべきヤマを追ってるんだよ。警察には警察のやりかたってもんが、だな」

「竹田さんは雨宮先生の本を読みましたよね？　正攻法では立件できない黒幕の、本家本元を逮捕しなけりゃこの犯罪は終わらない。そうしなきゃダメって話だったでしょうが」

おかっぱ頭を振り乱し、興奮した声で竹田も言った。

「捜査は小説やゲームと違うんだ。俺たちは法に則って動くことしか出来ねえんだよ。現場にいれば不条理に泣くことなんか山ほどある。だがな、警察ってえのは組織だぞ？　そこに犯人がいれば逮捕する。そっから順に黒幕を、だな」

「黒幕は尻尾なんか出しませんよ？　それに実行犯は操られていたことすらわかっていないんですよ。雨宮先生はそう言いましたよね？」

「じゃあ、どうしろっていうんだよ、民間人めが」

「まあまあ」

二人の剣幕に驚いて、笹子刑事が割って入った。オロオロするばかりの彼の様子が縁に振り回されていたころの自分に思えて、真壁はようやく口を閉じ、同時にあんなことやこんなことが思い出された。確かに自分も竹田と同じ。正攻法でいくのが定石だと考えていたし、犯罪とわからない犯罪があるなんて、考えてもみなかった。

「……だよな……」

「だよなってなんだよ、とっつぁんよ、俺にどうしろって言うんだよ」

不機嫌な竹田の腕に手を置いて、真壁は言った。

「いい方法があります。幸い俺は出版社勤務で、しかもノンフィクション部門にいる。雨宮縁方式のトラップを仕掛けて、実行犯とギビングパーソンを同時にあぶり出すんです」

竹田は一瞬眉根を寄せたが、すぐに笹子を振り返り、睨みを利かせて他言無用を取り付けた。


その晩。グループセラピーの終了後。

駅への抜け道であるビルの隙間に、竹田と笹子と真壁と縁が壁に背を向け、横一列に並んでいた。暗くて視界も利かない場所なので、竹田には縁の姿がよく見えなかったが、今さら縁がどんな姿でいようとかまわないと思っているようだった。

「それマジ……？　竹田刑事が病院をウロウロしないでくれて助かった。真壁さんがいなかったらヤバかった」

声だけはいつもの調子で縁が言った。

留置場から消えた左近万真は全国に指名手配されたが、未だ行方がわからないのだと竹田が告げると、縁は左近の目的については語ることなく、

「……そうなんだね」

と、答えて終わらせた。

「ところでよ、先生が言うナイトウォーカーについてだが……」

二つの現場に居住履歴を持つ一家について竹田が話すと、

「だからここへ来たわけか――」

と、縁は言った。

「――だけどその人物を真壁さんは知らない。病院に通院履歴があるのに。そういうこと？」

「セラピーとカウンセリングは別物なんじゃないですか？」

笹子刑事がそう訊くと、確かな声で縁が答えた。

「ハンターに関して言えばセラピーもカウンセリングもしているはずだ。彼らはセラピー

でターゲットを選び、それから個別カウンセリングに誘ってハンターに仕立てる。セラピーに参加していた人物のうち、多くが犯罪に関わっていたとなるのはマズいから、狩りが始まればセラピーを卒業させるか、病院を代えさせるか、カウンセリング記録を抹消するか、何らかの措置を講ずるはずだと思うんだけど」

「じゃ、なにか？　セラピーはともかくカウンセリングは、医療履歴を残してないと思うのか？」

「投薬するわけでもないから記録に残す必要ないよね。患者には上手いこと言って、要するに精神をコントロールできればいいんだし」

「たしかにな」

と、竹田も言った。

「証拠がなけりゃ、患者を操っていることも証明できねえ」

「だからボクがここにいる。証拠はボクが手に入れてあげるよ。警察官は公安職だし、自ら法は犯せないでしょ」

「ありがてえお言葉だなあ、おい。泣けてくるわ」

だけど違法なことはするなよ、と、竹田はなぜか笹子の方を向いて言う。

「話を戻すけど、グループセラピーのメンバーにナイトウォーカーがいたとして、それはちっとも不思議じゃないよ。ただし本人には罪を犯した意識がないから、竹田刑事が聞き込みに行っても意味がない。そうだな……ナイトウォーカーの症状を話すとかして、不安を煽るといいかもね。二件も事件が起きたなら、本人自身が何か変だと感じ始めているかもしれないし」

「でも、当該人物はいませんよ」

と、真壁が言った。

「通って二カ月になりますが、綿谷健志郎なんてメンバーはいません」

「セラピー用の偽名を使っているのかもしれない。会で呼び合うのは申込書の名前だし、ボクも石崎正になってる。障碍もいろいろだから、そのあたりはゆるいんだ」

「……そういや俺も、黄金社勤務というのは伏せてくれって記載しました」

「ボクも偽名を使ってるー、とか、刑事相手にペラペラ喋っていいのかよ」

と、竹田が笑った。

「ボクは医療保険を使ってないからいいんだよ」

「先生以外にも偽名のメンバーがいるんですかね」

「それはいるでしょ。メンタルケアに悩む患者を敢えて刺激する必要はないからね」

「ならば誰が綿谷健志郎か、医者やスタッフに訊ねるのが早いんでしょうね」

「そうだけど、ギビングパーソンは医者やスタッフに隠れているわけで、それだとこちらの手の内を晒すことになる……ちなみにボクは篠田麗から、特別なカウンセリングを受けてみないかと誘われたよ」

「えっ」

と、真壁は顔を上げた。ようやく暗さに慣れてきた目に、笑う縁の口元が見えた。

「一時間あたり三万円するカウンセリングを、無料でお試しできると言ってきた。その代わり、ビデオに撮らせて欲しいって」

「やっぱり」

と真壁は背筋を伸ばした。

「ぶっちゃけた話をすると、俺がセミナーを張ってた理由は篠田麗を怪しんだからです。仲間内に医者や学者の本を多く手がけてきた編集者がいて、その人物から聞いたんですが、左近万真と同様にヤバい医者がいて、そいつが左近の後釜に入ったらしいんです」

「どういうこと？」

縁が訊ねる。

「その医者は、病理解剖した遺体の腹部にホルマリン漬けの嬰児を詰め込んだんです」

「げ」

と、笹子の声がした。

「なんでそんなことをしたと思います？　サンプル臓器を盗んだら空洞ができた。そのままだと遺族が不審に思うから、廃棄予定だった嬰児を入れて、縫ったんです。火葬中に作業員が異変に気付いて焼却炉を止め、それで事件が発覚した。それをしたのが篠田麗です。彼女にとっては遺体も嬰児もただの医療廃棄物。左近が逮捕された直後に、そんな医者が、いけはた病院で、医者ではなく医療スタッフとしてグループセラピーを仕切り始めた。それでピンときたんです」

「当然ボクも現れるって？　よくもまあ」

「だてに長年、先生に振り回されてきたわけじゃないですからね」

真壁は胸を張ってから、

「で、篠田はついに先生をハンターにする気なんですね。受けたんですか？」

と訊いてきた。

「まだだ。まだ返事はしていない」

「何だよ、何の話だよ」

竹田が訊いた。

「アカデミーがハンターを育てる手口を知って、証拠を得るために変人を装ってセラピーに参加し、ボクを誘いたくなるようにしたって話さ。言ったでしょ？　証拠を手に入れてあげるって」

「あ？　おめえらバカか。民間人が余計な真似を」

「余計な真似なんかする気はないよ。ボクは治療に通ってるだけだし、そうしたら、医者の怪しい動きに気がついて、怖くなって知り合いの刑事に相談するんだ。それだけだ」

「ったく、減らず口を」

「じゃ、そういうことで、俺の計画を聞いてもらっていいですかね」

強引に真壁が場を仕切る。縁と付き合っているうちに、すっかりやり方を学んでしまった。

「雨宮先生がお得なカウンセリングに誘われたんで、話を聞いた俺が、篠田麗ではなく院長に、直談判(じかだんぱん)しに行くっていうのはどうですか」

「は？　何を言ってる」

竹田の声がするほうへ手のひらを向け、真壁はお喋りを遮った。

「さっきも言いましたが俺はノンフィクション局の編集者です。カウンセリングやセラピー体験を取材して記事にすると、俺は仕事ができるし、いけはた病院は宣伝になる」

「で？　怪しいカウンセリングを取材するってか」

竹田が訊くと真壁は笑った。

「さすがにそうはならないはずなので、普通にグループセラピーの取材を取り付けます。要は院長と直接話すきっかけが欲しいだけなので」

「面白いね」

と、縁は言った。

「雨宮先生の話によれば、ナイトウォーカーは自分がそれとは知らないわけですね？」

「何か変だと感じても、睡眠不足による体調不良で、深く考えることもできないんじゃないかな」

「でも、潜在意識ではわかっているってことですか」

「悪夢として認識している可能性はあるね。たとえば漂白剤の臭いに気付いたり、身体に湿疹が出ていたり、不規則な睡魔に襲われるとか」

「ヒントを与えることで本人の自覚を促せると思うんですね？」

「思う。真壁さんは――」

　と、縁は訊いた。

「――その場に篠田を同席させて、ナイトウォーカーの動きを見ようとしている……そういうこと？」

「ナイトウォーカーが自分の罪に気がついたなら、行為を誘発した相手に対して何らかのリアクションを取るんじゃないかと思うんですよ」

「取材と称してそれをするのか。セラピーメンバーが全員揃っているときに」

「どうですか？」

　なるほどね、と、縁は言った。

「なんだよ。俺にもわかるように説明してくれよ」

竹田の声が聞こえたが、答える代わりに縁は言った。

「ナイトウォーカーは狂気を孕んだ夢遊病者だ。自分は眠っているつもりでも、実際は眠れていないから、疲れが取れずにやがて精神が崩壊していく。綿谷健志郎なる人物は心に深い闇を抱えて、それを見ないようにして生きてきた。空を飛んだり自分自身を殺したり、夢は願望の表出の場合があると聞くから、二件の殺人は犯人の強い怒りや欲求から発したものだと思う。現場の様子は、怨恨に近い手口だったと言っていたよね」

「まあ、そりゃバリバリだがよ。先生は犯人が女だって言ってなかったか？」

「言ったよ。『いい人』だった最初の被害者が部屋に招いて上着を着せかけ、水を汲んで与えようとしたところからそう考えた」

「それで言うなら、綿谷健志郎が痩せてヨボヨボの爺ちゃんだった場合も同じことが言えるのかもしれません」

と、真壁が言った。

「綿谷健志郎は現在六十五歳です。よってその可能性もないとは言えない気がします」

笹子刑事がフォローする。

「まあ、そうか……」

竹田は不満げながらも頷いた。

「ところで先生。その人物だが、夢の中で誰を殺したつもりなんだよ」

「本所の老夫婦は、夫が男性器を切断されていましたが」

「本人には正当な理由があるんだ。まだそこまではわからないけど」

笹子が言った。

縁は抑揚のない声で答え、真壁も『正当な理由』について考えた。が、それは綿谷健志郎という人物ではなく、縁についてのことだった。彼の正体を知らない者は、これから始まる復讐劇が理解不能に違いない。

メンタル事業を手がける企業の経営者が殺人教唆で逮捕され、その母親が殺人鬼であったことが暴かれるのだ。それで先生の復讐は終わるのか？　それともまさか……いや、そんなはずはない。そんなはずはないと考えながらも、一抹の不安を拭いきれない。作中で人を何人殺そうと、作家の人格とは無関係……けれども俺は、雨宮縁の人格を知っていると言えるのか？　先生、本当はいったい何を考えているんです？

暗闇に浮かぶ影は作家・雨宮縁ではなく、胡乱な人物・石崎正だ。どっちが本当の縁なのか、どちらもただの幻なのか。真壁は素手で額の汗を拭った。

「ていうか、先生よ。事件がまだ続く可能性はねえのかよ？　家に共通点があるとするなら、次に狙われるのは川越の市営住宅ってことか？　もしも長男の健志郎がナイトウォーカーなら、そいつが夢で殺しているのは両親か？」

「そうかもね。もしくは家族の誰かか、自分自身か」

そういう縁の顔を見つめてみたが、暗すぎて表情はわからなかった。真壁は言う。

「セラピーには高齢者も来てますけどね……それっぽいのがいたかなあ」

そして意図的に話を変えた。

「ちなみに取材の件ですが、撮影スタッフに蒲田くんを頼みましょう。彼はごっつい機材を持っているから箔（はく）がつきます。竹田刑事は目つきが悪いので雑用係になってもらって、若い刑事さんに音声担当をしてもらう、というのでどうでしょう。当然ながら先生は患者の席にいてもらいます。場の仕切りは俺がやりますが、先生にはナイトウォーカーを上手に刺激してもらわないと」

「うまくいきますかね」

笹子が訊くと、真壁は少しだけ背筋を伸ばし、自信に満ちた声を放った。

「大丈夫でしょう。いけはた病院のイメージは左近の逮捕でガタ落ちになっていますから、優良セラピーを取材して紹介すると話せば、院長は喜んで承諾するはずです。もちろんこっちもそのままの内容を流すなんてことはせず、イメージアップにつながるところを上手に編集して使います。病院に罪はないですからね」

「出版社はそういうのが得意だもんね」

と、縁は言った。

「竹田刑事もいいよね？ ボクとしてはナイトウォーカーとギビングパーソンが判明すれ

ばそれでいい。小説のネタだけ拾ったら、後は警察に任せるからさ」

「オソロシイねえ、ミステリー作家ってぇヤツは」

「蛇足ながら竹田刑事は、とにかく目立たないようにお願いします。ケーブルをさばくとか、荷物を運ぶとか、徹底的に黒子に徹してくださいよ」

なんだかなあ、と、竹田はぼやき、

「わかったよ」

と、頷いた。


パトカーのサイレンがあちらこちらで響いている。信号機の赤色さえ赤色灯の明かりに見えてギョッとする。それらは現実の音や色ではなく、恐怖が見せる幻だ。心臓の鼓動が景色を揺らし、自分由来の血液が体内を恐ろしい勢いで駆け巡っている。全身に浴びた被害者の血から厭な匂いが立ち上り、それが乾いて、ひび割れて、皮膚が剥がれているかのようだ。

左近万真は無理に「ふふふ」と笑おうとした。

他人の血を浴びる行為がこれほど不快とは知らなかった。中世には、永遠の美貌を手に入れるため六百人もの処女の血を浴びたという伯爵夫人がいたと聞く。その女はイカれていたか、嗅覚音痴か、感覚異常だったのだ。殺人もそうだが血を浴びることも、慣れるまでに自己と精神の崩壊があったはず。血の伯爵夫人は悪事がバレて捕らえられ、暗闇に幽閉されて死んだのだ。『終わりのとき』はあっけなく始まり、坂を転げ落ちるように加速して止まらない。

左近はそれを考えていた。

全てが終わると言うのなら、急いで望みを叶えるまでだ。

神田警察署から救急車に乗り込んで外へ出たまではよかったが、河川敷に降り立った後はひと目をさけて川を渡り草むらをひたすら走り続けたあげく、逃亡に必要な着替えや金は、ホームレスを襲って手に入れるほかなかった。

その殺人は左近の美意識に反していて、まったく気分が高揚しなかった。段ボールハウスの片隅の垢じみた着衣に着替えたとき、顔面や両手がまだ血で汚れているのを知って、己の惨めな姿にますます激しい怒りを覚えた。

どうして自分が。帝王アカデミー大学の教授で、警察の捜査に協力までしていた犯罪心理学者の自分が、腐臭漂うボロ小屋で、死んだ老人の衣服をまとい、ドブ川の水で顔を洗わなければならないのか。ちくしょう……すべては吉井加代子のせいだ。足下に横たわる遺体の干からびた身体を腹立ち紛れに蹴り飛ばし、闇に乗じてホームレスの村を抜け出した。

橋の上をパトカーのサイレンと赤色灯の光が行き過ぎる。幹線道路には検問が敷かれ、大勢の警官たちが血眼になって自分を探す。

ホームレスに化(ば)けた左近は、防犯カメラのなさそうな道を選んでひたすら進んだ。

人を切り刻むのが好きで、遺体の解剖が大好きで、外科医になるつもりだったが、腸を見ると自分を抑えることができず、引きずり出して遊んでいたのを恩師に見咎められてしまった。単位が取れず精神科医に転向したが、腸の悦楽は常に自分を支配している。自分にかかった呪いが明るみに出てしまった以上、やるべきことはただひとつ。

足を止め、興奮の残り香を貪(むさぼ)ろうと深呼吸したが、それらはすでにホームレスの着衣の臭いとすり替わっていた。けれど、でも、引きずり出して身体に置いた被害者の臓器と血の臭い、救急隊員に切りつけた時の感触はまだ覚えている。

左近はその手応えに自信を感じて先へ行く。やるべきことはわかっているし、どうするべきか理解もしている。長年ただの妄想でしかなかった行為を今こそ実行すればよい。

行く先へ続いているのは真っ黒な川だ。そこに街の光が当たって、赤く、黄色く水面が光る。水はどんより生臭く、生気を失った患者どもの目を思い出させる。

左近は膝まで水に浸(つ)かって川縁(かわべり)を行き、河川とつながる暗渠(あんきょ)へ入った。

第五章　それぞれの思惑

奥多摩の帝王病院にある特殊隔離病棟には夜がない。この病棟の患者たちは好きなときに起きて好きなときに眠り、起きている間は唸（うな）ったり叫んだり叩（たた）いたりしているからだ。対して敷地の手前に佇（たたず）む普通病棟は、日中のわずかな時間以外は死んだように静まりかえって、おぼろな夜がずっと続いているかのようだ。

日が落ちると患者たちは薬を飲まされ、各自のベッドで眠りに落ちる。そのまま帰ってこなくても、問題にするスタッフは一人もいない。遺体は施設内で荼毘（だび）に付されて、紙切れ一枚の書類が行政や遺族に送られ、遺族は遺体を引き取りもせず、敷地内の無縁墓地に埋葬される。

特殊隔離病棟の連中のように、時間と無関係にわめき続けるのと、普通病棟の患者のように、時間正確に眠らされるのと、どちらが人間らしい生活だろうかと考えたこともあるが、ここで長く働くうちに、考えるだけ無駄だと思い始めた。

患者の気持ちはわからない。彼らがどんな世界に存在していて、何を見て何を感じているのか知る術はない。問題が起きずに就業時間が終わり、金をもらって生活できればそれでいい。単調すぎる業務に嫌気が差すこともあったけれども、つい最近のように面会人が襲われたり、医師や看護師が嚙み殺される惨状を見るのはこりごりだ。

特殊病棟の守衛室で、プロレスラー上がりの守衛は、細道をこちらに向かってやって来る食事用カートを見守っていた。昼近くと夕方の二回だけ、屋外の小道を通って患者の食事が運ばれてくる。配膳係は痩せて色黒の貧相な男で、服装や見た目と同じく性格も心も汚れている。

冷めきったワンプレートの栄養食は、煮込んだ臓物にミルクを混ぜたような色をしている。ゲル状のそれを見るたびに、犬のエサでももっとマシだと守衛は思う。カートが道を渡りきるより早く、守衛室を開けて外に出た。建物の開口部には数段程度の段差があるが、そこに板を敷いてスロープにしてやるためだ。

「本日のエサだ」

と、配膳係が笑う。

守衛はカートの車輪をスロープに載せ、食べ物がこぼれないよう建物側から引っ張ってやった。守衛室の先にある空間までカートを入れると、そこから食事は階数ごとにダムウエーターで運ばれて配膳される。作業するのは配膳係の男だが、守衛も一緒について歩いて解錠と施錠を繰り返す決まりだ。解錠して、施錠して、解錠してまた施錠する。この棟には吉井加代子がいるので、看護スタッフや清掃スタッフ、医師や面会人が来るたびに同じ作業をしなきゃならない。それが守衛の主な仕事だ。

「どう見てもゲロだよな」

カートからダムウェーターへ皿を移動させながら、配膳係は鼻で嗤った。薄汚れた親指がゲル状の食べ物にずっぷり浸かると、指を舐めて服で拭った。

「これを喰うってんだから、たいしたもんだ」

そしてケダモノじみた患者とこいつ、どこが違うのかと守衛は思い、片言の日本語で言う。

「一階ノ８号室。オマエ、皿を下げ忘れたヨ」

食器が回収されていなかったと看護師が怒っていたことを伝えると、

「あれか？　わざとだ」

と、彼は答えた。

「皿でクソをかき回してやがったからな。片付けるのをやめたのさ」

おざなりにドアを閉め、操作盤を押して上階へ送った。

「そういや最近、上のバアサンに何かあったのか？」

振り返って守衛を見た。

そのバアサンの食事だけはいつもラップがかけてある。中身はゲロと同様に見えるが、なぜラップがかかっているのかわからない。探ってもろくなことにはならないから、配膳係に訊ねたこともない。バアサンは食事をメダカに分けているから毒が入っていないのは確かだ。

「なにってナニ」

少し前にバアサンが面会人を襲ったことを咎められるかと思ったが、配膳係は首筋をボリボリ掻きながら、

「ここんとこエサの時間にトイレに座っていやがらねえんだ」

と、まったく関係のないことを言った。

配膳時に守衛が注意するのは、皿の受け渡し時に吉井加代子が配膳係の手を摑むなどして騒ぎを起こさないかということだけだが、バアサンは配膳係に興味を示さず、その時間は便器で用を足している。

それが、言われてみれば昨日はパソコンの前にいたような気がする。

「さーて……じゃ、エサを配りに行きますか」

ダムウェーターが昇降する音で患者たちが騒ぎ始めた。ドアの小窓から手を伸ばし、メシだ、早くよこせとわめき出す。ガンガンと鉄格子を叩く者もいる。

ひゃーあっ！　ひゃーあぁあぁあ！

ゲロのようなメシをなぜこうも欲しがるのか、守衛はさっぱり理解できない。患者の騒

ぎはさらに増し、遠吠えと笑い声とが入り交じる。

まるで動物園じゃないか。守衛はうんざりしながらも、腰にぶら下げた鍵で廊下につながる鉄格子を開けた。

左近万真が警察官を殺害して留置場を脱走したというニュースがテレビの緊急速報テロップで流れた夜に、月岡玲奈は自宅である高層マンションのリビングでそれを見ていた。眼下には夜の東京が、宝石を撒いたようにきらめいている。ワイングラスを持ち上げて街の光に乾杯すると、彼女は中身を一気に干した。それから素肌にまとったガウンを脱いでクロゼットに向かい、黒のサマーニットと黒のパンツを選んで着ると、スニーカーを履いてジャケットを羽織り、部屋を出た。豪華な巻き毛をバッサリ切ってボブにしたのは、心のどこかでこの展開を予測していたから。思った通り、動きやすくてとても助かる。

高層階の通路を進み、夜だというのにサングラスをかけて、お抱え運転手に電話した。

「遅いのに悪いわね。問題が起きて奥多摩まで行くわ。すぐに車を回してちょうだい」

そしてニンマリ微笑んだ。

左近はまんまと留置場を出た。ならば彼が襲って来やすいように、『通路』を開けておかねばならない。いつまでもずっと、蓋のように張り付いていた暴君を抹殺する機会がついに来たのよ。

磨かれたエレベータードアに自分の姿が映っている。自立した大人の女である。

ババア……殺人鬼の異常者め。生きながら腹を割かれてくたばればいい。

そして玲奈は事後にメディアの前で、蒼白になって震えながら、左近のおぞましさについて語る自分を想像した。

左近先生は立派な精神科医でした。まさかこんなことになるとは予想もしていませんでした。今もまだ信じられません。はい……はい。私どもの病院では、症状の重篤な患者様も治療しております。吉井氏がいたのは特殊病棟で、何重ものセキュリティチェックがかかっていますが、そのときは……偶然にも……ご高齢の患者様や重篤な患者様などが何人かお亡くなりになりまして、ご遺体の搬出のために一部のセキュリティを解除していました。まことに申し訳ございません。

「ええ……ほんとうに……」

玲奈は涙を拭う振りをして、嗤った。

ロビーに降り立つと、今度は自分の姿をガラスに映し、黒子のような服をジャケットで隠した。ジャケットは薄くて長めでゴージャスだ。それに似合うよう両手で髪を掻き上げていると、表玄関まで運転手が迎えにやって来た。ガラスの自分に微笑んで、玲奈は優雅にマンションを出る。

都会の蝉は夜に鳴く。

潤沢に木々が茂る大学のキャンパスは、夜風に揺れる梢の随所でけたたましく蝉が鳴いている。そうした敷地へ、左近はするりと潜り込む。

帝王アカデミーグループが運営する私立医大は、車通りに面した周囲を高いブロック塀と校章を模した飾り格子で塞いであるが、隣接地との境は築山と植栽で隔てている。自分の身体で植栽を押し分けていく覚悟があれば、防犯カメラに映ることなく侵入できるし、入ってしまえばそこは左近のホームグラウンドだ。

心理学を学ぶ学生に向けて教鞭を執っていた左近は、校内に研究室を持っている。逮捕はされたが、大学というのは良くも悪くも寛容なので、即時研究室を処分できずに、まだそのままになっているかもしれない。そこには鎮静剤も注射器も、いつか加代子に使おうと準備していた合成麻薬も、メスもある。着替えもあれば、高価な整髪料もシェービングローションも、ひげそりもある。左近はようやく人間に戻れると思って安堵した。

空には白い月が出ている。奥多摩の特殊隔離病棟にも同じ月が照っているだろう。

吉井加代子。と、左近は呟く。おまえは私を嗤ったが、今度は私が嗤う番だぞ。待っていろ。最高に身だしなみを整えて、私はおまえに会いに行く。下品な色のツナギからおまえを解放するために。

彼女が晒した無駄のない裸体を、舐めるように思い出していく。あれすら間もなく私のものだ。身体の自由を薬で奪い、何をされるか最後までおまえに見せてやる。私が腸を引きずり出して、首に巻くのを見るがいい。そうやって恍惚の中で死んでいくのだ。この世でおまえを救えるのは私だけ。おまえの魂を救ってやるぞ。

左近は自分の下半身が猛獣のように猛り狂っていくのを感じた。それがドクドク脈打って、経験したことのない悦びを感じた。研究室がある棟の、人目につかない裏口の、脇に備え付けられたデジタル錠にキーを打ち込み侵入すると、下駄箱で律儀にサンダルに履き替えてから暗闇を進んだ。左近自身の研究室もデジタル錠で、『４４１３５０』と打ち込んでみる。

思った通り研究室は手つかずで、あっけなく解錠して左近を迎え、求め続けた吉井加代子の肉体と魂と内臓は、もはや手中にあると確信した。

その少し前。

真夜中の帝王病院に乗り付けた玲奈は、運転手が車を降りてインターホンを操作する様子を後部座席で見守っていた。周囲は街灯すらない森で、黒々と夜空の底に沈んでいたが、金持ち連中が入院している終末棟にだけは煌々と明かりが灯っていた。近くへ行けば色っぽい声や歓声が聞こえるのかもしれないが、玲奈はそれに興味がなかった。人の営みには驚きがなく、高揚もない。生まれて育ってまぐわって、産んで育てて死ぬだけだ。それだけのことなら人でなくとも、獣でも、虫でもできる。

長い脚を組んでスマホを取り出し、帝王病院のスタッフが送ってくる電子日報を確認すると、終末棟に入居したばかりのスケベで因業な隠居老人が今夜も若いセックスワーカーを数人呼んだと記載があった。如何に大金を抱えていようと、散財が過ぎれば終わりも早い。ジジイが浪費を尽くさぬうちに逝ってもらわなければと思っていたが、年甲斐もなくセックスに溺れているのは好都合。

玲奈はスマホを操作して、老人の嗜好品に添加している『栄養剤』をコンマ数ミリ増量するよう指示した。終末棟の入居者は全財産を使い尽くしてあの世へ行こうと考えていて、金は病院が管理しているから、遺族は残金を確認する術がない。数十万円程度を残して、あとは見合うだけの請求書類を用意すれば事は済む。死因は腹上死、これで決まりだ。

運転手が戻ってきて門扉が開くと、車は静かに敷地へ入った。広大な庭を回り込み、普通病棟と特殊病棟の間にあるスタッフ用の駐車場まで来てみれば、あろうことか車内灯を灯したままのタクシーが一台停まっていた。

「おかしいわね」

と、玲奈は言って運転手にドアを開けさせ、降りて行ってタクシーの窓をノックした。車の中で営業日報を書いていた運転手が顔を上げ、後部ドアを開けようとしたので、身振りでウインドウを下げろと言った。

「ここで何をしておられるの？」

トゲのある声で問うと、運転手は、

「ピカコ様では？」

と、玲奈に訊いた。玲奈は眉根を寄せて首を傾げた。運転手は言う。

「配車のご依頼があったのですが……もう三十分以上も前に」

ああ。と、思った。

終末棟のスケベジジイに呼ばれたセックスワーカーが、帰りの車を呼んだのだ。

「来ないんですか？」

「……はい」

建物にはまだ煌々と明かりが灯っている。時間通りに帰るつもりが、ジジイが離してくれないのだろう。朝まで頑張る気かもしれない。

玲奈はバッグに手を入れて、真新しい一万円札を二枚出した。

「私はここの責任者です。おそらく患者が急変したとかで、来られないのだと思います。

再度配車の手配をさせますから一度お帰りになってください。おつりは結構」

金を渡すと、

「え、ああ……これは――」

運転手は恐縮し、満面の笑顔になった。

「――どうもありがとうございます」

にこやかに頷(うなず)いて、車を返した。

変な噂が立っては困る。すぐさまセックスワーカーの会社に電話して、タクシーを呼んだら待たせないようにと、きつく伝えた。

再び自分の車に戻り、わずかな距離をお抱え運転手に移動させる。

タクシーに金を払おうとしてピン札に触れたとき、玲奈は楽しいことを思いついていた。病棟の車寄せに停車させると、

「悪いわね」

と、運転手を労(ねぎら)った。

「いえ、社長こそ。遅くまでお疲れ様です」

この運転手は慎(つつ)ましく、深夜に車を飛ばしてここへ来るほどの事件は何かと訊いたりしない。四十代で家庭があり、子供二人はまだ小さい。玲奈は温情で気安い経営者のふりで彼と会話し、家庭の事情を把握した。それは誕生日などのイベントがある日を狙って彼を

呼び出すためだった。運転手の家庭は彼の稼ぎに依存しているから、今は高給を与えて油断させ、子供たちに一番金がかかるころ、クビにするのを楽しみにしている。愚か者が他者に人生を預ける以上、他者はその人生を自由にしていい。それが玲奈の常識だ。

「悪いけど、すぐに戻るから待っててくれない？」

「承知しました」

バッグから手の切れるような一万円を抜き取ると、運転手の首元で動かした。紙幣のエッジが皮膚に当たって血が滲んだのも気付かぬふりで、

「これでお子さんたちにお土産を」

と、親切に言って車を降りた。

「いつもありがとうございます」

感謝の声を背中で聞きつつ、角度が悪くて傷が浅かった、と考えていた。

経営者が真夜中に突然職場へ来たら、いったい何が起きたのだろうとスタッフは戦々恐々とするべきなのに、私立帝王病院ではそうならない。夜間に病院に残る医師は一名だけだし、看護師も最少人数がいるだけだ。そして医師も看護師も、やる気と体力が尽きた老人どもだ。よって少数スタッフでも業務に支障が出ないよう配慮してある。

鎮静剤で患者は朝まで目が覚めないし、手のかかる患者は拘束している。病室を出てウ

ロウロしないようオムツをさせて、汚れても朝まで放置する。熱意とやる気と正義感のある医師は基本的に異動してこないが、たまにそうした者が現れた場合は吉井加代子の餌食にする。現在のスタッフは最少の労力で収入を得ようという屍のような者ばかりで、ガタイで選んだ特殊隔離病棟の守衛のほうが、ずっと人間らしいと言える。

普通病棟のロビーのドアを、玲奈は静かに押し開けた。正面に受付カウンターがあるが、夜間は無人で、非常灯が点いているだけだ。呼び鈴も台の内側に隠されて、院内は死んだように静まりかえっている。開閉音を聞いて出てくる者はない。規則正しく並んだ窓から月光が差し込んで、空気は青く、墓場に積もった枯れ葉のような匂いがしている。スニーカーの足音は、日頃玲奈が院内で高らかに鳴らすヒールの音とはまったく違い、ヒタヒタと廊下を舐めていく。彼女は受付の奥まで行って看護師たちの部屋を抜け、医療品置き場へ進む。手前にあるのは医療用器具庫で、各種拘束着やベルトや機器や点滴スタンド、トレーにバケツなど様々な品が置かれている。その奥が薬品庫で、玲奈の嫌いなデジタル式の鍵がついている。劇薬類などを保管する場所は、お上からのお達しで、解錠されてドアが開くと監視カメラが作動する仕組みになっているのだ。

玲奈は医療用器具庫の扉を閉めて、棚からヘッドライトを下ろした。装着して明かりを点けると作業台から工具を出して、デジタルキーを機械ごとドアから外した。そうしておいて薬品庫に入る。薬品庫は腰壁の一部が抜けるようになっていて、奥にある幅九十センチ程度の隙間が院内の至る所へと通じている。

廃墟（はいきょ）同然だった病院を買い取って、目につく場所のみ改修して開業したものだから、壁一枚を隔てた奥にかつての設備が残っているのだ。壁裏の隙間は配管のメンテナンス用で、玲奈はそこに、建物に残されていた古い劇毒物を保管している。

部屋の奥まで行くと上着を脱いで跪（ひざまず）き、腰壁を外して空間を空けた。

埃（ほこり）と蜘蛛（くも）の巣に覆われていて、ネズミの死骸やゲジゲジや、カビやアスベストだらけになった隙間に入り込む。床に置かれた木箱には、注射器などの医療器具やガラスビンに入った薬剤などが入れてある。カルテや写真なども残されていたが、それは焼却炉で焼いてしまった。薬ビンの名前を読んで、ひとつを手に取る。

抱水クロラールは重大な副作用をもたらすとして、現在ではあまり使用されなくなった麻酔・鎮静剤である。水によく溶け、連用すると薬物依存症になり、急激な減量で離脱症状を引き起こす。ポケットからハンカチを出し、相当量を移し取る。

作業をしている最中にポケットでスマホが震えた。

帝王アカデミーグループの医大から自動通知が送られてきたのだ。

住人不在の左近万真の研究室が、ロックを解錠されている。

玲奈はおぞましい顔でニタリと笑い、もはや特殊隔離病棟用のウォーターサーバーに抱水クロラールを溶かさなくてもいいと悟った。

ただの栄養食に戻せば患者はすぐに離脱して、ある者は暴れ、ある者は死ぬ。特殊病棟はパニックになり、そこへまんまと左近がやって来る。

薬品庫に戻ると壁を閉じ、外へ出てからデジタルキーを付け直す。

特殊隔離病棟の患者で減薬の影響を受けないのは母だけだ。あの女はメダカで毒物検査をしているから、薬物を摂取させることができなかった。だから食事にラップして、私が従順であると信じさせてきた。

私があいつの最後を心待ちにしていることなど、少しも悟られてはならない。左近があいつを襲うとき、私は大声で悲鳴を上げて失神するふりをする。あの女の身体から引きずり出された内臓や、血まみれの部屋を見るのが楽しみだ。

医療品置き場を出ようとしたとき、今度はスマホに電話がかかった。

セックスワーカーを手配する会社の女社長からだった。

「ナイトプランの森下(もりした)です。月岡社長、先ほどはご迷惑をおかけして、大変申し訳ありませんでした」

平身低頭謝る姿が想像できたが、玲奈は無視した。

「スタッフのピカコですけど、携帯電話も通じませんで……」

嫌みなくらい無言でいると、相手は言った。

「まことに申し訳ございません……ピカコはクビにいたしますので」

声の様子から本当に詫びていることがわかったが、玲奈は無言で電話を切った。

終末棟のジジイたちから相当のギャラをふんだくっているわけだから、女の子の管理はきちんとしてもらわなくては困る。ただ、今はそれどころじゃないの。

部屋を出ようとすると、すぐにまた着信があった。しつこく取りすがってきたかと思ったが、今度は帝王アカデミーグループの重役からだった。

「月岡です」

「社長。夜分遅くに申し訳ありません」

左近万真が警官を殺して逃げたと重役は言った。

たったいま関係者から連絡が来たと狼狽えている。差し詰めどこかの高級クラブで呑んでいるときに、妻から知らせを受けたのだろう。マスコミへの対応などについて至急すりあわせをしたいと言うので、玲奈は腕組みをして、自分の姿を映せる場所を目で追った。

医療品置き場には鏡に変わる物がなく、薬品庫のドアにはめ込まれた小さな窓に、かろうじて自分の顔だけが映っているのを見つけた。素早く表情を模索して、経営者の顔になる。

「私も先ほどテレビで見たわ。だから、いま奥多摩へ来たところなの。マンションにはメディアが押しかけてくると思うので、しばらくはこちらの理事長室で仕事をします。事務長は先ず落ち着いてください。左近先生はすでにアカデミーグループから除籍されているので、今回のことはうちと無関係です。大学へもメディアが行くかもしれないので、学生たちを守ることを最優先にしてください。明日、キャンパスの関係者に連絡して、校内にカメラが入るのを止めること。左近先生の犯罪にアカデミーグループは無関係だし、むしろグループ全体が被害者です。そのスタンスを崩さないでね。いま現在、具体的に何か問題は起きていますか？」

「いえ。私としては早急に対応策を講じておこうと思ったまでで」

ヘッドライトを外して棚に置き、玲奈は医療品置き場の明かりを点けた。

足下の拘束具には患者の髪がへばりついている。玲奈はそれを摘まんで取ると、息を吹きかけて宙に放った。

「波羅事務長」

と、低い声で重役を呼ぶ。

「はっ」

「帝王アカデミーグループは、心に痛みを抱える患者の病と真摯に向き合い、取り組んできた企業です。当然ながら一般の人たちには予測もつかない重篤な症状を持つ患者もいます。左近先生もその一人かもしれません。だから、どうか、マスコミへの対応では、患者への思いやりを忘れることなく、トップにいるあなたが取り乱すこともないようにしてください。何かあれば連絡ください……プライドを持ってね」

「はっ。社長の仰る通りです」

と、相手は言った。腰を折り、心から尊敬しているという声で。

「私の方針も明日の朝にははっきりさせておきますから、それ以前に勝手な対応をしないよう、事務長から役員に連絡しておいてくださいな、今すぐに」

言いながらハンカチを広げて抱水クロラールを床に撒き、スニーカーで踏みつけながら床に広げた。事務長は恐縮し、何度か詫びて電話を切った。チョロいものだと玲奈は思う。

真っ暗な駐車場では運転手が自分を待っている。すぐに戻ると言われたからには仮眠を取ることもできないし、まんじりともしないで夜を過ごすことだろう。

ああ、そうだ。と、玲奈は思い、一度は床に撒いた抱水クロラールを集めて埃と一緒にハンカチに取った。

朝になったら鎮静剤入りのコーヒーを持って、ごめんなさいね、と会いにいく。ちょっとやっかいなことが起きたの。今日は一度戻っていいから、また迎えに来てもらえるかしら。電話をするわ。

相応しいタイミングでクビにする前に、彼は事故を起こして死ぬだろうか。そのときは葬式代を出してやり、遺族が泣いて悲しむのを見て楽しもう。運命を操っていたのが私とも知らず、遺族は私に感謝する。

ゾクゾクするわ……羊のような人間は、所詮、狼の餌食でしかないのよ。

院内に出て廊下を進み、スタッフ用の駐車場を窺うと、車は車内灯を点けていた。勤勉な運転手はウエスで車内を拭いている。

玲奈は理事長室へ行って高価な椅子に身を沈め、今頃左近は大学のシャワー設備を使っているだろうと考えた。すべてこちらのシナリオ通りだ。左近が特殊繊維に気付いたわけは、それで殺害された兵士の解剖に左近を立ち会わせておいたからである。医療グループが大学を運営していれば、合法的にハンターを生み出せるのだ。

玲奈は理事長室のパソコンを立ち上げて、左近がいる大学の医薬品や麻薬、製剤材料の管理画面を呼び出した。左近の在籍中に用途不明となったフェンタニルクエン酸塩は数ミリグラム。ことが公になる前に、玲奈は廃墟からほぼ同量を補充して左近を庇ったが、本人はそれを知らない。

「おバカさん……私の手のひらで踊らされているだけなのに」

面白くて仕方がない。誰も私の本性に気づけない。

思いやりがあり、優秀で思慮深く、美しい経営者。人はみな月岡玲奈をそのように見る。悪魔の腹から誕生し、悪魔に育てられた悪魔であると知りもせず。

カーソルを動かして、玲奈は設計図のような画像を呼び出した。

今頃は左近も身だしなみを整え終えて、ブランデーでも舐めながら同じ画像を見ているはずだ。おまえの頭の中ぐらい、私はとっくにお見通しなのよ。

そうして玲奈はまた笑う。

おまえは素晴らしいアイデアを、優秀な自分の頭で思いついたと信じている。でもそれは私のお膳立て。覆面作家の小説を読ませて作家への殺害を焚きつけたのも、私が母を欺くためよ。狼に憧れる羊ちゃん。おまえはたかがそれ程度。

モニターに浮かぶのは建物を線で描いた複雑な画だ。ここ帝王病院を改修したときの設計図面と、古い病院の構造図である。左近が研究室で見ているものを、確認のために玲奈も見ている。図面は玲奈が左近に与えたものだ。

——彼女がいるのは『奥』よ。わかるでしょ？　普通の塔とは離れているし、管理も別なの……戦前の建物を特殊隔離病棟として使っているの——

そのとき参考と称して図面を左近に送ってやった。

戦前の建物とそれを改修した時の図面は、もちろん、左近がいつか開院するときのためではなくて、母を襲撃するとき役立つように与えた『仕込み』だ。大学の保管庫からフェンタニルが消えたのも左近の仕業だ。その合成麻薬は少量ならば麻酔鎮痛剤として用いられてきたが、海外ではテロ事件の制圧にガスで噴霧されて人質まで殺した。同様に左近もガスで使うだろう。隔離病棟の構造図を見れば、吉井加代子の病室だけが個別の空調設備になっていることが見て取れる。特殊隔離病棟はセキュリティが強固だが、空調の設備室は地下にあり、そこには守衛も看護師もいない。

早ければ明日以降に隔離病棟で騒ぎが起きて、離脱症状に苦しむ患者が暴れたり、自身やスタッフを傷つけたり死んだりするだろう。彼らは自分の身に何が起きたか知ることもなく、事後にはすべてが左近のせいだったことになる。医学の知識と技術があった左近が、吉井加代子を解剖するため棟内に毒ガスを撒いたのだ。

全身が快楽で満たされていく。この計画を発案するまで、自分は死に体だったと玲奈は思う。人生どころか命さえ、すべてが母のものだった。命令されるままに生き、命令されるままに殺した。人を欺いて操る悦びはあったにしても、それを何倍も悦んでいるのは母だった。見返りに私が得たのは、彼女をここに閉じ込めているという優越感だけ。でも、ある日、気付いてしまった。弟を名乗る男が夫の社葬に現れたとき、吉井加代子がここにいるのは私を操ることで楽しむためだと。

森で焼身自殺したハンターがいた。その身体が炭になっていくのを見て母は笑った。殺人させるだけじゃない、自分はその者すらも殺せるのだと、勝ち誇って笑っていた。

玲奈はモニターに表示していた図面を消した。

武者震いというのだろうか、長い時間をかけて準備してきた計画の成功を確信して興奮した。母が死んだら私は院内でヒールの踵（かかと）を鳴らさない。深く潜行して優秀な善人を演じ続けて、密（ひそ）かな楽しみを味わい続ける。今後は母ではなくて自分のために。

「あなたを超えるわ」

と、玲奈は言った。

夜が明ける前に左近は大学を抜け出すはずだ。立派な紳士に身支度を調え、久々に高級な店に入って食事を楽しみ、街の花屋で母に捧げるバラを買う。それから高価なハイヤーを呼ぶ。病院近くで車を降りて、夜になるのを待つだろう。帝王病院の周囲に警察官の姿はない。左近の狙いを知りもしないのだから、当然だ。

左近が母の病室にガスを撒くのは夕食の時間以降で、それまでは地下室に潜伏するはず。そして幸運に感謝するのよ。決行のとき、特殊隔離病棟では騒ぎが起きる。患者が騒ぎ、死んだり大けがをしたりする。少数しかいないスタッフが右往左往してセキュリティも無効になる。

病室の鍵を守衛室に置いてあげるわ。玲奈は心で左近に言った。

思い立って院内の監視カメラにアクセスすると、守衛室では守衛がカップ麵を食べていた。独自の世界に住んでいる特殊隔離病棟の患者たちは、カメラに向けた目が白く光って、夜行動物のようだった。吉井加代子の病室を映してみると、加代子は床で腹筋運動をしていた。パソコンモニターが青白く光って、不意に加代子がカメラを睨む。

ゾッとした。そんなはずはないのに、向こうもこちらを見ているように思ってしまう。玲奈は、蛇に睨まれた蛙のように動けなくなった。

母親は今も玲奈を恐怖で縛り続けている。神も悪魔もあの女ほどは怖くない。

大丈夫よ、向こうからは見えない、向こうからは見えない。

それなのに加代子は腹筋運動をやめて立ち上がり、カメラに近づいてニタリと笑った。ギザギザに研いだ前歯が剝き出しになり、無音の唇がゆっくり動く。何を言っているのかわからなくても、玲奈は恐怖で失禁しそうになった。吉井加代子はこう言ったのだ。

似合うと思うよ。あんたのその髪。

翌日の午後七時。北品川にあるいけはた病院では、グループセラピーに参加しているメンバーたちがセラピー会場である四階ホールに集められていた。

参加者の椅子はいつものように円形に並べられ、エレベーターを降りてすぐの場所にはいつもと同様にお茶のセットが準備されたが、取材を取り仕切るため早めに会場入りした真壁は、そこはかとない変化を感じた。

「わー……思ったよりも、なんかちょっと楽しそうな雰囲気がありますね」

旧式の大型カメラを運んできた蒲田が言った。

カメラのほかにも三脚や撮影照明のセット、電工ドラムやコードなど、大げさに見える機材を選んで運んでもらったために、何かすごいことが始まるような気配は演出できた。

それらが入った大型バッグを担いでいるのは竹田だ。Tシャツに綿パンツ、スニーカーに野球帽という出で立ちで、花火大会の夜と同様に刑事臭を消し込んでいる。若い笹子はダボダボのジーンズに白いTシャツ、薄手のジャケットを羽織っていて、こちらは音響スタッフにしか見えない。スーツでビシッと決めているのは真壁だけだ。

「楽しそうとか、人に聞かれないようにしてくれよ。ここは病院なんだから」

「飲み物や菓子まで出るのか。公会堂の集まりか、教会のバザーみてえだな」

竹田がドスンと荷物を置いたので、

「もっと丁寧に扱ってください」

と、渋い顔をして蒲田が言った。

「照明とか、どこにセットしますか？」

若い笹子はフットワークも軽い。蒲田が設営の指示をして、カメラや照明の位置決めをした。

飲み物や菓子の準備は、たしかに毎回の夜と同じだ。それなのに、いつもとは何かが違う。真壁は鼻をヒクヒクさせた。

個包装のクッキーやチョコレート、紙コップに砂糖、それをかき混ぜる使い捨てスプーン。撮影だからと特別高価な菓子が置かれている様子もなかった。

「んだよ、ワンころみてえに鼻をヒクつかせてよ」

野球帽で顔を隠した竹田が訊いた。

「あ、そうか」

真壁はようやく違和感の理由に気がついた。

「今夜は紅茶なんですよ。だからなんとなく変だったんだ」

「あ？　紅茶だと変なのか？」

「そうじゃなく……」

セミナーで出されるお茶は真壁の苦手なハーブティーだが、今夜のそれはリプトンだ。普通のお茶なら自分も飲める。たかがそれだけのことだったのだ。

「なんだよ」

と、竹田がまた訊いた。

「いえ、なんでもありません。紅茶なら自分も飲めるなあと」

人数分以上のティーバッグが盛られたカゴを見て、

「ご自由にお持ちくださいってか」

と、竹田が笑ったので、

「出版社のスタッフとして来てるんですから、行儀よくしてくださいよ。頼みますよ」

真壁は慌てて釘（くぎ）を刺す。

これは出版社が文芸サイトに載せる記事の取材であり、参加者の個人情報が漏れないように配慮するのはもちろん、取材後は該当する人々に記事内容を確認してもらい、決して勝手に掲載するようなことはないと、真壁は病院から参加者に向けた通知に記載した。当然ながら参加も見学も強制ではなく自由意志だと書いておいたが、開始時間の数分前にセラピーの参加メンバー全員が揃っていたのは驚くべきことだった。

「あなた、大きい本屋さんの偉い人だったのね」

いつもより少しオシャレしてエレベーターを降りてきた心身症の老婦人が、晴れがましい顔で真壁に訊いた。時折心臓に痛みを感じるという彼女は、白髪で、品のいい顔をして、長いスカートを穿いている。

真壁は本屋ではなく出版社の社員だが、そこには敢えて言及せずに、

「偉い人じゃなく、ただの平社員ですよ」

と、照れながら答えた。

丸く並べられた椅子のほうへとエスコートするように手を伸ばすと、老婦人はまんざらでもなさそうに、ゆっくりそちらへ移動した。長いスカートの裾から覗いたつま先がスニーカーで（おや）と思ったが、高齢になったらオシャレな靴より安全だ。でも、彼女はそれを隠したくて、いつも長いスカートを穿いているのだ。

次に来たのは対人恐怖症の男性で、スタッフが付き添って照明の当たらない場所に座らせた。事前の打ち合わせで、蒲田が撮影する写真の画角に入るのは、コーディネーターの

篠田麗と司会者の真壁、あとは写真を撮られたいと望んだ拒食症の女性と、患者ではないスタッフの男性だけということになっている。四名の椅子と他の参加者の椅子との間を二脚分程度空けたので、サークルはいつもより大きくなった。

この夜の主人公とも言うべき篠田麗は、相変わらずスタッフシャツにスラックスを穿いて黒髪をひとつに束ねていたが、いつもの赤い口紅に今夜はグロスを塗っていた。薄く化粧もしてきたようで、眉のラインがくっきりしている。平面的な顔に黒々とした眉、真っ赤な唇という取り合わせは、妙に日本的だと真壁は思う。

参加者の席がほぼ埋まるころ、またエレベーターが到着して、よれよれのシャツに薄汚れたジャンパーを羽織ったボサボサ頭の男が降りた。両手をポケットに突っ込んだまま、

「こんばんは、石崎さん」

と話しかけたスタッフに無視を決め込む。

「石崎さん、こんばんは。今日は来てくれて嬉しいわ」

やや大きな声で篠田が言うと、ちょっとだけ視線を動かして頷いたかに見えた。

よくもまあ、あんなボロボロの服をどこで探してくるのだろうと、無精髭の青年を見て真壁は思う。カーキ色がすっかり褪せたジャンパーは、ファッションでなく所々がすり切れて、片側のポケットなどは五百円玉が落ちそうなくらい大きな穴が空いていた。竹田刑事もそれが縁と気付かない。

よくやるよ。と、思いながら見ているうちに、いや、そうではなくポケットに何かを仕込んでいるのか？　と真壁は思った。スマホだろうか。それで取材の様子を撮影しようということか。何か証拠を集めるつもりか。いかにも先生のやりそうなことではあるが、でも、こっちだって蒲田くんが撮影してるし、笹子刑事が音声を録音してるんだけどな。

眉根を寄せて考えているうちに真壁は気付いた。

そうか、庵堂さんだ。

なんだっけ……フェイクの文芸サイト【ゴールド】を加代子に教えたと言っていたよな。つまりは取材の様子を庵堂さんがネットに載せて、加代子に見せるというわけか。

なんのために？　いやいや、まてまて、今夜暴き出すのはナイトウォーカーとギビングパーソンだぞ？　つまりは玲奈が作るハンターだ。それを加代子が見たとして、どう関係してくるわけだ？　自分のほうが優秀なハンターを作れると思って、吉井加代子が悦にいる？　もしくはもっと真面目にやれと怒るとか。

「みんな揃ったし、時間正確に始めましょう」

立っている真壁のそばまでやって来て、篠田麗が囁（ささや）いた。

「え、あ、はい」

縁は真壁の対面に当たる場所に腰掛けた。真後ろに照明があり、その脇で蒲田がカメラを構えている。目の前に座った男が雨宮縁であると蒲田は知らない。真面目で素直な男だから、知らない方がいいと思う。すぐ顔に出る質だから。

笹子刑事はカメラよりもさらに奥、椅子を台にして録音機材を載せ、マイクをこちらへ向けている。壁近くの暗がりにいるのが竹田で、巻いたコードの近くに胡座をかいて、手持ち無沙汰に鼻毛を抜いていた。

さあ、やるか。真壁は心で自分に言った。

『チーム縁』に最後まで協力させてくださいと申し出たからには、この場程度を取り仕切れなくてどうするか。俺たちは先生の相棒だ。今までも、望めるならばこれからも。

「みなさんお疲れ様です」

篠田のことは椅子にかけさせ、自分だけ立ち上がって真壁は言った。

「お疲れ様です」

すぐさま全員が同じ言葉を返してくる。そのように推奨されているからだ。

「初めに自分の話をします。私には仕事の悩みがあって、それでこのセラピーに通っていました。仕事で失敗したことで、自信が持てなくなって、アルコール依存症になりました。でも、ここで色々な悩みを抱える人たちと出会って、自分を恥ずかしいと思っているのが自分だけではないと知りました」

篠田が率先して手を叩き、全員に拍手を促した。

何度やってもこのシーンは照れるし、シラケる。真壁は両手をこすり合わせて頷きながら、拍手が途切れるのを待った。

「私は会社で様々な本を作ってきました。けれど今まで、心の問題に関する本を作ったことはありませんでした。ここに来る前の私のように、助けてほしいと悩みながらもどうすればいいのかわからない人が、世の中にはたくさんいると思います。それで院長先生に、セラピーのことをウェブサイトで記事にしたいとお願いしました」

大仰に両腕を広げると、今度はスタッフらが拍手した。

つられて参加者たちも拍手する。

真壁は次第に調子が上がってきた。今日はカメラや照明が入っているけれど、緊張しないでいつものように話をして欲しいこと、サイトに上げて欲しくないことは一切記事にしない約束、個人の特定ができるような写真は撮らないことや、記事が掲載された場合は皆さんに知らせることなど、通り一遍の説明をしてから、こう言った。

「お忙しいのに参加してくれた皆さん、ありがとう」

「どういたしまして、真壁さん」

と、声が上がって拍手が聞こえた。

「スタッフのみなさんも、篠田さんもありがとう」

「ありがとうスタッフのみなさん、篠田さん」

少しばかりバラバラの音声になったが、拍手は統制が取れていた。

真壁は自分も椅子にかけ、

「今夜は私が司会をします」

そう言うとまた、拍手が起きた。

壁際の隅で竹田が呆(あき)れて笑うのが見えたが、無視をした。病院からもらった時間は三十分。俺だってチーム縁だ、と真壁は自分に発破をかけた。その三十分で綿谷健志郎なる人物を特定してやる。ネクタイに手を置くと、左右に振って襟元を詰めた。

「私が質問しても、答えにくいことについては答えたくないと言ってくだされればいいですからね……わかりましたか?」

「はい。真壁さん」

と、みんなが答えた。遠い昔に小学校の卒業式で、決まった台詞を全校生徒でやりとりする、なんだっけ、『呼びかけ』とかいうセレモニーがあったが、あれをやっているような気分だ。

そうして真壁は、縁が化(ば)けた石崎正に目を向けた。

「さっき話したように、私はオーバーワークによる鬱(うつ)症状とアルコール依存の初期症状でこのセラピーに参加しました。そして病状が重いとき、怖い夢をよく見ていました」

言葉を切ると、少しだけ間を置いて参加者たちを見渡した。

「皆さんの中で同じ経験がある人はいますか?」

片手を挙げて同調者を探すと、互いの顔色を窺いつつも、何人かが手を挙げた。遅ればせながら手を挙げる者は増えていき、すると、篠田麗までもが挙手をした。

石崎正は動かない。

「えっ、篠田さんも悪夢を見たりするんですか？　たとえばどんな」

「そうね」

と、篠田は唇を舐め、

「怖いのは、完璧な夢を見ることよ」

と、微笑んだ。

「完璧な場所で、完璧な暮らしをしている夢なの。私は完璧な美貌で、何もかもが完璧なのよ」

「それのどこが悪夢なんです？」

率直（そっちょく）に真壁が訊ねると、

「目覚めて夢だと知るからよ。それが怖いの……なによりも」

篠田は言って、本当に恐れているかのように頷いた。

これはジョークか。それとも？　真意がわからず真壁は言葉に詰まったが、

「ぼくは……わか……るよ。篠田さん。あなたの恐怖」

蒲田が構えるカメラの下から声がした。

そこにいるのは石崎正だ。俯いたまま上目遣いに篠田を睨んで、乱ぐい歯を見せている。笑ったつもりかもしれないが、変色した前歯はゾッとする。

「あな……あなたは……」

と、あざ笑うように彼は言う。

「完璧な人間になりたいんだ。夢に見るのは理想のあなた……けれども……起きて現実を知るからコワい」

篠田はたいていの場合無表情だ。けれども彼女は真っ赤な唇を斜に歪め、

「そのとおりよ」

と、答えた。

「努力が実らないのが悔しいの。打ちひしがれて、怒りが湧くわ」

どんなつもりでそんなことを打ち明けるのか、真壁はわからずうろたえた。刑事の前で何か白状するつもりだろうか。けれど篠田は竹田と笹子が刑事と知らない。参加メンバーも、病院側も、ここに刑事がいるのを知らない。

ジャンパーのポケットに手を入れたまま、自分ではなく篠田でもなく、床から数十センチの高さをぼんやり見ている石崎正が語りかけてくる。

大丈夫。あれは釣りでもなんでもなくて、篠田麗の本心さ。

真壁は事態に対応できず、化けた縁が流れを変えていくのを見ていた。

「ぼくの悪夢はもっとすごいよ。教えてあげる、篠田さん。ぼくの場合は……夢か、現実なのかと不安になって……だから……ほんとうに……コワいんだ」

時々不快な間を取りながら、石崎正はゆっくり言った。その声の迫力に場が凍り付いたので、真壁は手のひらを彼に向け、先を続けてと促した。

「たとえばこのまえ」

と、彼は天井を見上げて言った。

「セラピーで飲むお茶を……篠田さんにもらって帰った夜に……」

「ここのハーブティーは大好きよ。いつも心が落ち着くわ」

誰かの小さな声がした。

「でも今日は、いつものハーブティーじゃない」

石崎正は目を閉じて言い、片方の手だけをポケットから出した。

そうだ、今日は紅茶だ、と真壁は思った。何か意味があるのだろうかと。

石崎正のもう片方の手はジャンパーのポケットに突っ込まれたままで、破れ目がこちらを向いている。たぶん篠田を映しているのだ。その映像を見れば、篠田の微細な心の動きがわかるのだろうか。

真壁は瞳孔で心を読む吉井加代子を思い出していた。

「ぼくはあのお茶を飲むと……いつもの悪夢を見るよ」

「どんな夢なの？　石崎さん」

篠田が訊いた。

「……カラの植木鉢を買う夢だ」

メンバーたちがざわめいたので、

「石崎さんの話を聞きましょう」

と、真壁が言って、

「空の植木鉢を買う夢ですね？」

復唱して先を促す。石崎正は目を上げて、輪になって座る人たちを順繰りに見た。

「あのね……同じ夢なんだよ。そこに何かを植えようとして……ぼくは人を殺しに行くんだ」

ニタリと笑う。

「殺したい人が住んでいる家を、訪ねていく」

「それは本当に居る人ですか？」

と、誰かが聞いた。どこから声がしてきたか、見ていたのに真壁はわからなかった。

「ヒミツ」

と、彼はゆっくり答えた。

「大嫌いだから、ぼくは見つけて、シャベルで殺す。何度も殴って、バラバラにして、肩から腕を切り取って……植木鉢に植えるんだ……それでね？　本当に怖いのは……」

石崎正は篠田に言った。

「目覚めたら、ぼくの部屋の植木鉢から……本物の腕が生えてたよ」

ガタン！　と椅子を引く音がした。心身症の老婦人が両腕で自分を抱えている。名前は柿本愛子(かきもとあいこ)さん。セラピーの古株で、パートの仕事をしているはずだ。衝撃的な話に気分が悪くなったのではと心配したが、老婦人は真壁に向かって手を挙げた。

「私……私の話も聞いてもらっても？」

その場の人々を見渡してから、

「お話ししてもいいかしら？」

と、真壁にまた訊く。

「もちろんどうぞ、柿本さん」

まばらな拍手が起きて、老婦人が立ち上がる。演説する人さながらに喉をさすって咳(せき)払いした。長いスカートからスニーカーの先端が覗き、大きめの靴を履いているなと真壁は思う。

「私はずいぶん長いこと、心身症による不眠で悩んでいます」

そして喫茶コーナーを振り向いた。

「ここで頂くハーブのお茶が気分を落ち着けてくれて、とてもいいです。それで、ときどきこっそりポケットに入れて、持ち帰ったりして」

みんなは笑い、頷いた。

「かまいませんよ」

と、篠田が言うと、柿本夫人は微妙な感じに微笑んで、

「眠れないのは、眠ると夢を見るからです。とても怖くて不愉快で、身体が引き裂かれるような気持ちがします。生きていたくなくなるほどで、だからちっとも眠れない。身体の芯が燃えるみたいで、涙が流れて止まらなくなるの」

隣に座るメンバーが、彼女の腕を優しくさすった。

柿本夫人は感謝を示し、自分の口を片手で覆った。そのまま話す。

「あるとき篠田さんが特別なお茶をくださいました。もらったまま忘れていたんですけど、仕事が忙しい日があって、早く寝なきゃと思ったら、却(かえ)って眠れなくなってしまって、思い出して、飲んでみたんです。そうしたら、あまりによく眠ってしまって……結局、仕事を休んでしまった」

メンバーから笑いが漏れた。

「疲れていたのね、それでいいんですよ、よかったわ」

篠田が頷く。

「その夜に……とても恐ろしい夢を見ました」

柿本夫人の表情はこわばって、今度は祈るように両手を握った。

「長くセラピーに通っている方々は私の事情をご存じと思います。心身症の原因は、幼いころに両親から受けた虐待のせいだと……私の両親は……」

私を認めませんでした。と、彼女は言った。

大きな罪を告白するかのように緊張している。

メンバーの中では最も社交的で話しやすく、しかも品のいい老婦人だ。真壁はポカンと口を開けそうになり、裏腹に背骨のあたりが冷えるのを感じた。

「私はゲイです。家族の中で私だけがゲイでした。両親は厳格なタイプで、私を恥じて、矯正しようと考えました。バリカンで髪を刈りあげて、姿勢や態度をいちいち改め、泣けば叩かれ、武道を習わせ、当然虐めにも遭いました……学校で首を吊って死のうとしたこともあります。意識を失い、もう少しで死ねるはずだったのに、保健室の先生が優秀すぎて蘇生させられてしまったんです。そのことが両親の耳に入って、状況はさらに苛烈になりました。治らないならいっそ女になれと父は言い……」

彼女は深く息を吸い、涙を堪えるかのように目をしばたたいた。

「素っ裸に私を剝いて、あそこをハサミで切ろうとしました。オンナオトコにはいらないだろうと」

老婦人の告白に対して、真壁はかける言葉を持っていなかった。本を出す仕事の中で様々な境遇の人たちを取材してきたが、当事者が抱える辛(つら)さや痛みを本当に理解できているかと言えば、それは違うのだろうと思う。

「そのトラウマがいまも私の中にあります……みっともなく泣いたり取り乱したりしている男性を見ると、アレを切らねばと頭の中で父が言う。家族から逃げ出して、もう何十年も経(た)つのですけど、それでも私に命令をするんです。意志と関係なしに人を口撃してしまうこともある。だから恋人とも上手くいかずに、ずっと、死ぬまで独(ひと)りです」

「独りじゃないわ。私たちがいます」

空々しく篠田が言った。夫人は深く息を吸い、意外にも篠田を睨んだ。

「篠田さん。実は、教えて欲しいことがあって」

篠田は軽く首を傾け、聞く姿勢を強調するように前のめりになった。

真壁は全体の様子を見ていたが、蒲田はカメラのレンズを覗いているし、笹子はこちらにマイクを向けて、竹田は鼻に指を突っ込んだまま、それぞれに固まっているようだった。

「最近、ニュースで、若い女の人と、お年寄りのご夫婦が、夜中に殺されたと、やっていました……不思議なんです……被害者のお家がどちらも、私が子供のころに住んでいた家なんです」

縁の視線が真壁と絡む。真壁は篠田を窺ったが、彼女は無表情のままだった。

「それがなにか？　偶然でしょ」

老婦人は首を左右に振った。

「でも、私は夢を見たんです……両親を殺そうと昔の家に行く夢を。二人が私にしたように、殴って、切って、悪い血を入れ替えようとするんです。妙にリアルで、両手に感触が残っている。頭の骨が潰れる感じや、カミソリで肉を切る感じ……消毒してやると親に言われて、お風呂場で、頭から漂白剤をかけられて、皮膚がヌルヌルする感じとか」

竹田刑事が腰を上げそうになるのを、真壁はそっと止めさせた。

このあと竹田が捜査に乗り込んでくるのは勝手だが、今のところは飽くまでも出版社の取材でなければならない。ナイトウォーカーとギビングパーソンをあぶり出し、縁が月岡玲奈と吉井加代子を狩るために。

「同様の夢は、その後もう一度見ています。しかもお年寄りのご夫婦が殺されたころに見ているんです。私が母の身体を切っているとき、恐れた父がみっともなく泣いたので、私は父の下着を剝いで、アレをチョン切ってやりました……ベタ付く血の感触や、臭いなど……」

「柿本さん」

と、篠田が言葉に割り込んだ。平素とまったく変わらぬ声だった。

その表情に、真壁はいっそゾッとした。

篠田はゆるく微笑んでいる。慈愛に満ちて患者を気遣う精神科医の顔さながらに。

「大丈夫ですよ。たまたまニュースで見かけた家が記憶にあって、過去のトラウマを思い起こしてしまったのでしょう。後で私が話を聞きます。カウンセリングを」

「でも、これを！」

夫人は怯（おび）えていた。叫びながら長袖のブラウスに手をかけて、それを全員の前で脱ぐ。シュミーズ姿になった彼女は筋肉質で、人工乳房が張り付けてあり、そこ以外の肌が痛々しい発疹（ほっしん）で覆われていた。両腕を振り上げて彼女は叫んだ。

「見てください。指の皮も剝けている。昔、漂白剤をかぶったときのように。それに、カミソリがありません。私を唯一理解してくれた祖父の形見のカミソリです。祖父は床屋で、彼が亡くなったとき、私は祖父が使用していた日本カミソリを、こっそり盗んで持ってきました。それがあれば強くなれるような気がしたからで……でも、そのカミソリがないんです。悪夢を見たころ、どこかへ行ってしまったんです」

もはや歯の根も合わぬほど、彼女は震えて、取り乱していた。スタッフが驚いて立ち上がり、両側から抱えようとすると、夫人は篠田を見て言った。

「私は悪い人間で、両親を殺したいほど憎んでいます。身体に傷を負わされて、人生を搾取されたと思っています。でも篠田先生は、憎んでも当然だって仰った。間違っているのは親だって、彼らは私に悪いことをした。それを教えてあげましょうって」

「ええ。もちろんよ。誰でも人生を取り戻せます」

「カミソリがないんです。もしも……もしも私が……犯人だったらどうしたらいい？　妙な記憶があるんです。インターホンを押したり、郵便受けから鍵を出したり」

「ええ、そうね。わかったから、あちらで話を聞きましょう。柿本さんを診療室へ」

篠田麗が立ち上がって真壁に目配せしたので、真壁は言った。

「では、お茶で休憩しますか。勇気を出して話してくれた柿本さんに拍手を」

拍手する者と無視する者、立ち上がって喫茶コーナーに向かおうとする者、グループの調和は見事に乱れた。

篠田麗は柿本夫人を連れて行き、笹子がそっとその後を追った。

竹田は壁際に立ち上がっている。

真壁はと言えば、蒲田の前に腰掛けたまま、ポケットのカメラで篠田らを追いかける石崎正こと縁を見ていた。スタッフがお茶を入れて配り、それをもらったメンバーたちが談笑を始めた頃に、縁はようやくポケットから手を抜いて、今度はズボンのポケットに手を突っ込んだ。椅子にかけた姿勢のままで取り出したものを蒲田に差し出す。ティーバッグのようだった。

「え？」

と、蒲田が戸惑っている。縁が化けた石崎正を、ただの参加者だと思っているのだから当然だ。けれども縁はキサラギの声で囁いた。

「竹田刑事にこれを渡して。篠田麗が参加者に飲ませていたハーブティーだよ。あと、笹子刑事に電話して、カウンセリングルームへ入れと伝えて。ゲイの人が連れて行かれた診療室だよ。鎮静剤と称して毒を打たれる。早くして」

蒲田がカメラを離れて竹田の許(もと)へ走って行くと、縁はふらりと立ち上がり、そのとき一瞬だけ真壁を見やった。

視線と視線がわずかに絡む。彼は石崎正の顔で微笑むと、またポケットに手を突っ込んで、トイレの方へと立ち去って行った。

一秒にも満たないそれで真壁は悟った。縁と会うのはこれが最後なんだな、と。

蒲田くんは、ついに結婚を報告できなかったな。飯野さんには、なんて告げたらいいのかな。縁が好きだった有楽町(ゆうらくちょう)の居酒屋で、縁も庵堂もいない三人だけで、ナポリタンや名物の逃げタコをつまみながら、彼らについて話す姿が頭に浮かんだ。本が売れなくなったとき、作家は担当編集者や出版社に恨(うら)み節を言うけれど、編集者だって惚(ほ)れた作家に去られてしまえば怨みのひとつも言いたくなるさ。それにしても、あんな作家に魅入(みい)られて何年も振り回されてきた俺は、

「ミラクルだったな」

と、真壁は自分に呟いた。

ミラクルだった。向こうが俺を見つけたことも、新人作家の変人ぶりに怖じ気づいた編集長が、雨宮縁を俺に押しつけてきたことも、何もかも。

院内で騒ぎが起きて、真壁が腐心した文芸サイトの取材がグズグズと立ち消えになったのは、それからすぐのことだった。笹子刑事に電話したあと、竹田はホールを飛び出して行き、状況を理解できない蒲田が真壁の許へやって来て、

「あれが雨宮先生だったんですか?」

と、訊いたとき、真壁は少しだけ優越感に浸りながら、

「薄汚くてビックリしたろ」

と、蒲田に言った。

「え……だって……あの歯」

「フェイクだよ。入れ歯みたいにカポッとはめ込むやつなんだ」

「あ。プロテクターだったのか。ビックリしたぁ……それにさっきのお婆さん」

スタッフが駆けてきて、真壁と蒲田を見て言った。

「申し訳ありませんが、今日はこれで患者さんたちを返します。取材はまた病院の方と話してもらって……」

スタッフ本人も事情がわからず戸惑っているふうだった。真壁はごく紳士的に、

「承知しました」

と、微笑んだ。

「お忙しいところ無理を言ったのはこちらですし、現状の分でも記事は書けると思いますので。院長先生や篠田さんによろしくお伝えください。感謝していますと」

スタッフはすぐ喫茶コーナーへ戻って行き、退出時はエレベーターではなく階段を使って欲しいと患者たちを誘導し始めた。

「本当に殺そうとしたんですかね？　女医さんは、ゲイのお婆さんを」

道具を片付けながらも、蒲田は未だに状況が飲み込めていないようだった。竹田も笹子も戻ってこないが、代わりに遠くからサイレンの音が近づいてきた。

「早いとこ片付けて、俺たちもトンズラしないと」

と、まだ縁を探している蒲田に真壁は言った。

「もう、先生たちは帰ってこないよ。今から『結』に取りかかるんだ。竹田刑事に最後の白星を挙げさせて」

動きを止めて唇を噛み、蒲田は小さな声で言う。

「……チーム縁も解散ですね」

それを望んでいたはずだった。容赦なく振り回されて、巻き込まれ、片棒を担がされて身の危険を感じたときは、ただの編集者とデザイナーがどうしてこんな目に遭わされなきゃならないのかと、縁を恨んだこともある。常識外れで強引で、忠告しても聞かないし、のらりくらりとかわされて、ここ一番にはさっさと逃げて……。

「けっこう楽しかったよな」

真壁が言うと、

「そうですね」

と、蒲田は笑った。

「それにメチャクチャ魅力的でした……先生も、庵堂さんも」

四人がかりで運び込んだ機材をエッサホイサと二人で担いで階段を下りるとき、真壁と蒲田はコッソリ階下の様子を覗いた。心療内科のカウンセリングルームがある階からは、刑事丸出しで采配をふるう竹田の声が聞こえていた。

「すぐティーバッグの成分を検出させろよ。注射器の中身もだ……あ？　中身は鎮静剤じゃなく筋弛緩薬？　本当だな？　なら、平たい顔の女をおさえとけ。ナイト何ちゃらの婆さんからも、後で話を聞くからな。まてまて、そっちへ勝手に人を入れるな！　ったくもうよ、ド素人どもが！」

心なしか嬉しそうな声だった。こっそり踊り場のドアを閉め、また階段を下りるとき、心配そうに蒲田が言った。

「あの恰好で、竹田さんは刑事とわかってもらえたんですかねえ？」

それを確認したい気持ちもあったが、真壁は答えず階段を下りた。
縁と庵堂が描く最終章はどんなだろうと考えながら。

第六章　ハンター・ハンター

優秀な精神科医の篠田麗が患者への殺人教唆と当該患者の殺害未遂で逮捕されたという情報は、警察発表やニュース報道よりも早くＳＮＳで拡散された。個人が特定できないように加工された当該患者が篠田を糾弾するシーンが晒されたのだ。それを知ったとき真壁はようやく、縁がポケットの穴から撮影していた理由を知った。

ユーザーから『同様の事件を扱ったミステリー小説が爆売れしている』というポストが相次ぎ、ＳＮＳのトレンドに『ハンター・シリーズ』がランクインした。

そう言えば、犯罪心理学者・左近万真も連続殺人を起こして全国指名手配になっている。ネットの民は騒ぎ立て、好き勝手に独自推理をポストした。

――左近万真って、ハンター・シリーズの出版社の編集長を殺したんだよね――

――スマイル・ハンターに出てくる事件ってやっぱアレかなと思って震えてる――

――サイコパスこわっ――

――雨宮縁先生ナニモノ説が私の頭で暴走中――

縁の小説と左近らの事件がネットを騒がせていることを、月岡玲奈は帝王病院の理事長室で、事務長からの電話で知った。

篠田麗が現行犯逮捕され、左近の襲撃に向けて玲奈が準備を整え終えた、まさにその夜のことだった。すぐさまネットを確認し、玲奈は拳(こぶし)を強く握った。

誰がこんな映像を……あれほど注意しろと言っておいたのに。

電話から事務長の切羽(せっぱ)詰まった声がする。

「いけはた病院に確認したら、綿谷健志郎なる患者の自宅にあったバックルコンテナから血まみれの衣服と凶器が見つかったとかでして、警察は衣服に付着した血痕を被害者のＤＮＡと照合していると……」

相手の話が終わらぬうちに、玲奈はガチャリと電話を切った。

椅子(いす)を蹴り飛ばし、デスクの書類をまき散らし、ＳＮＳを表示したノートパソコンを投げようとしたとき、我に返って深呼吸した。

やられた。あいつ……雨宮縁とか言う謎の作家だ。夫の社葬に押しかけてきた青年だ。

自分をネエサンと呼んだそいつの顔を、玲奈はまったく思い出せない。あの瞬間はそれが誰でも、どうでもよかった。母は子供を何人も産んだのだろうし、仮の弟だった涼真の死体は確認したし、母の腹から生まれたヤツらが生きていようと死んでいようと、どうでもよかった。葬儀会場にいる人たちが私を怪しまないこと。むしろ私に同情することのみが重要だった。だから落ち着いて優雅に対応した。でもたぶん、あのときすでに小細工は始まっていたのだ。

あいつは私の悪事を小説にして発表した。私と母を刺激して行動を起こさせた。そのせいで、決して明るみに出なかったはずの企みにボロが生じた。

そう考えたときハッとした。まさかと思うがこの失態が母の耳に入ったら……玲奈はパソコンを引き寄せて、加代子の病室の監視カメラ映像を呼び出した。

ベッドが空でゾッとした。

カメラの真下に母が立ち、また不気味なリアクションをするのではないかと怯えもした。けれど加代子はシャワー室にいて、半透明のアクリル板にシャワーの水がしぶいていた。臙脂色のツナギはベッドの脇に脱ぎ捨ててある。パソコンに目をやると、電源すら入っていないようだった。

たとえば母がネットを見てもアクセスに制限をかけてある。この失態を知る術がアイツにはない。あなたは裸の女王様。間もなくギロチン台に乗る運命の。

玲奈はホッとため息を吐いて、

「シャワーを浴びるのはいいことね」

と、監視カメラの映像に言った。左近万真が悦ぶでしょう。

理事長室の外ではジリジリとけたたましく非常ベルが鳴っている。それがほぼ一日中続いている。窓辺に寄って外を覗くと、火葬施設が吐き出す煙が見えた。

駐車場にはいつもより多くの車が停まり、普段は庭を散策している患者の姿も皆無だ。

昨晩から早朝にかけて、いま現在も、特殊隔離病棟では異例の騒ぎが起きている。院内スタッフだけでは対応できず、外部から多くのスタッフが車で応援に乗り付けて来る。今日は特殊隔離病棟に出入りする人数が多いから、守衛は清々しているだろう。いちいち付き添って鍵をかけたり開けたりしてはいられないから、セキュリティを解除したのだ。守衛もスタッフと一緒になって患者の死体を運び出したり、暴れる患者を押さえ込んだりしているはずだ。

目論見通りに病棟の患者は離脱症状を起こした。暴れて自傷行為をする者や、スタッフや看護師に襲いかかる者、泡を吹いて死んだ者もいる。そのせいで終末病棟と普通病棟を閉鎖して、そちらのスタッフを特殊隔離病棟へ応援に行かせた。つまり、地下に設備室がある一帯はガラ空きになっているということだ。

左近はいつでも侵入できる。母の部屋の空調設備にガスを仕込んで、夜を待ったために。すべての準備は整った。ついにそのときがくる。母さえ死ねば、帝王アカデミーグループなんてもういらない。私は誰かを貶めて、これからを楽しく生きていく。

腕を伸ばして指を動かし、玲奈は操り人形を操作している真似をした。

『サタンの娘』が育てた私は、『他人を自在に操る者』よ。

生まれたときにもらった本当の名前を誰も知らない。

「うふ……うふふ……」

抑えきれずに玲奈は笑い、ついに母に勝つことを嬉しく思った。

盗んだ車で帝王病院へ向かっているとき、左近は異変に気がついた。普通なら通る車もない坂道を、清掃業者や看護スタッフの車が走っていくのを見たからだ。

左近は脇に車を寄せて、しばらく道を観察した。

今の左近は学会に着ていくために新調したまま研究室に置いていた高級服を着込み、上着代わりに医者の白衣をまとっていた。髪をオールバックに整えて、胸ポケットに深紅のバラを一輪刺した。その芳香に包まれながら自分の姿をミラーに映して、左近は自分に相応しい見栄えになったと満足した。

数分後、さらに一台の車が病院の方へと走っていった。不思議に思って車を降りて、森の上部を見上げると、火葬場から煙が上がっていた。帝王病院で死んだ患者の多くがそこで焼かれて院内の墓地に葬られている。それにしても何があったのだろうかと、車内に戻ってテレビを点けると、北品川のメンタルクリニックで医師が患者を殺害しようとして現行犯逮捕されたというニュースをやっていた。病院名は伏せられていたが、映像は紛れもなく元妻の父親の病院だった。

「馬鹿め……何をやっているんだ」

首をすくめた。

患者を殺害？　現行犯？　どんな間抜けがそんな失態をしでかすというのか。患者に対する行為で捕まるなんて、普通ならばあり得ない。自分がいなくなったから、あそこに残ったのは馬鹿ばっかりだ。

続いて帝王病院に関するニュースを探したが、そちらの情報は一切なかった。もしかしたら、緊急事態は起きたばかりなのかもしれない。

次の車がやってきたとき、左近はその後ろにくっついて発車した。そして病院に近づいて、いつもは固く閉ざされている鉄の門扉が開け放たれたままになっているのを知った。前の車と共に敷地へ入り、スタッフ用の駐車場に車を停めた。人々が大急ぎで走って行くので、胸のバラはポケットに忍ばせ、医療用のバッグを抱えて車を降りた。彼らの後ろをついて行き、フッと方向を変えて茂みに入った。

ジリジリと非常ベルが鳴っている。巨漢の看守が運んで来たストレッチャーには、向かい合わせに二名の死体が乗せられていた。普通病棟の窓に張り付いて、患者たちが外を見ている。庭に患者の姿はなくて、金持ち連中が暮らす終末棟から高笑いが響いている。

特殊隔離病棟につながる小道を左近は森から眺めたが、驚くことに鉄格子付きの守衛室までが開け放たれて、忙しく人が出入りしていた。叫ぶ声がして、また何人かが出て行った。左近は灌木の隙間に医療鞄を押し込むと、走っていく人の後ろについて道を渡った。開け放たれた守衛室から顔を出し、老いた看護師が左近を手招く。

「先生、早く！」

自分を誰と思っているのか、守衛室へ入るとすぐに応援の医師と間違えているのだと知った。守衛室の先では病室のドアも開け放たれて、廊下に患者が転がされていた。ある者はすでに意識がなく、ある者は全身を痙攣させている。

「鎮静剤をお願いします」

診断もせずに鎮静剤を打てと看護師は言う。死なせてやれということだ。患者を診るフリをして、看護師がその場を離れた隙に守衛室へ戻った。モニターで吉井加代子の無事を確認すると、左近は室内を見渡した。

今日は壁にマスターキーがかけてある。以前、玲奈とここへ来たとき、彼女は言った。電子ロックは知識があれば外されるから、手の中にある鍵が安心だと。その鍵が、不用心に壁に吊るされている。左近はそれを手に取ると、小道を戻らず森へ出た。茨の藪を選んで進み、地下の設備室へと姿を隠した。

港区にある湾岸倉庫の一室で、縁は庵堂がパソコンに表示した帝王病院の監視カメラを見ていた。吉井加代子の病棟で甚大な騒ぎが起きている。守衛室がモニターしている映像はすべて見ることができるけれども、残念ながら守衛室自体にはカメラがなくて、特殊病棟の入口の様子は、その先の廊下のカメラが拾う分で知るほかはなかった。

「左近が来た。あれは左近だよね、違う？」

老看護師に手招きされて、病棟の廊下に一瞬だけ現れた男を縁は指した。そいつは患者の前にかがみ込んだだけで何もせず、すぐに下がって守衛室に消えた。

「そのようですね」

庵堂は別のカメラを探して言った。普通病棟と隔離病棟をつなぐ小道に設置されているものだ。バタバタと人が行き来しているが、守衛室を出たはずの左近は映っていない。

「どこへ行ったんだろう」

「さあ」

カメラを次々に切り替える。しかし左近の姿は見えない。

「どさくさに紛れて吉井加代子を襲うと思ったけど、違うのかな」

縁は指で口元を押さえ、考えてから庵堂の肩に手を置いた。

「彼は白衣を着ていたね。帝王病院で白衣を着るのは玲奈だけ。ならば病院に忍び込むためじゃなく、セレモニーの衣装かな」

「衣装ですって？」

　庵堂は横目で縁を見た。冷房もなく、簡易的な照明しかなく、段ボール箱に詰め込んだ荷物がまばらに置かれた倉庫の中だ。庵堂の長い髪が、流れる汗で濡れている。縁はクーラーボックスを開けて飲み物を出し、それを庵堂に渡して言った。

「白衣は衣装なのかもしれない。左近の考えそうなことだよ。加代子の腸を引っ張り出すとき、彼女に威厳を見せようとして……たぶん……」

「この期に及んで、まだそこに執着しますか？　殺害できれば満足なのでは？」

「そうじゃない。左近だもの……今は様子を見に来ただけって感じなのかな。なんの騒ぎか確かめたんだ。それが玲奈の仕業とも知らず……玲奈は左近に加代子を殺させたい。だから病棟で騒ぎを起こした。でも左近は臆病な性格だから、いきなり加代子を襲ったりはしないんだ」

　庵堂はペットボトルの封を切り、ゴクゴクと麦茶を飲んだ。

「まあ、たしかに……左近と加代子、どちらが強いのかと言えば加代子でしょうね。すでに前歯が武器ですし」

「面会したとき見たけど、海外のホラー映画に出てくるみたいな牙だった。当然、左近も見ているはずで、あんなので嚙みつかれたら大変だから……」

「注射かなにかを用意していると思うんですね？」

「注射かな……注射は近づかないと打てないしなあ……臆病な左近に打てるだろうか」

「ならば神経ガスでしょうか」

「それだ」

と、縁は言ってモニターを見た。

院内の庭を映すカメラに左近らしき者の姿が映っている。

「普通病棟へ向かったみたいだ」

ところが左近は道を逸れ、病棟の裏へ入って行った。

「違った……あそこは何があるんだっけか」

庵堂もモニターを覗いて首を傾げた。画面を切り替えて左近を追う。

「建物の基礎部分から入りましたね。バックヤードの……ああ、地下室かな？」

「設備室かもしれない。ボイラーや配管の……空調とか」

「実際にガスを使われると厄介ですよ。隔離病棟には看護師やスタッフもいますし」

「いや。加代子の部屋は空調が別だ。面会したとき、あの部屋だけはクーラーが効いていたから。たぶん玲奈が、いざというときのために分離しておいたんだ」

「ならば玲奈が自分でガスを流して加代子を殺せばいいのでは？」

「ところがそれができないんだよ。彼女は加代子に縛られているから。心を完全に支配されて、自分でスイッチを押せないんだよ。加代子のことを知りすぎているから、行動を起こそうとするたび相手がどう反撃するかを考えてしまう。そうやってどんどん自分を追い込んで、さらに恐怖で縛られていくんだ」

「そんなものですか」

「虫コブと一緒だよ。寄生されて心の一部を共有している。玲奈の呪縛が解けるとしたら、うっかり加代子が死ぬほかないんだ」

「その『うっかり』を、左近にさせようというわけですか」

庵堂は加代子の病室カメラに映像を切り替えた。

シャワー室が相変わらず水で曇っている。

「あの部屋に加代子はいない。【ゴールド】にアクセスして、ぼくらがリークした情報を見て、襲撃が近いと知ったんだ」

「作戦は成功ですね。金属板も当日中に加工して鍵を作ったようですし……左近がガスを流しても、加代子はほかの病室にいるかもしれない。ドアを閉めればガスは入ってきませんし、左近も死ぬほどの量は噴霧しないはずですし……もしかしたら……すでに何度か病棟を出入りしたかもしれません。対決の準備をするために」

「玲奈は甘いと、あそこへ行って思ったよ。ぼくなら前室のドアを撤去するのになあ」

庵堂はモニターから目を逸らし、もの言いたげに縁を見上げた。

石崎正の仮面を脱いだ青年は、庵堂の記憶にあった少年よりもずいぶん大人びて、けれどあの頃と同様に底冷えのする瞳をしていた。全てが終わって雨宮縁が消え去るまでは、彼の怒りも消えないのだろう。ただそのためだけに痛みに耐えてきたわけだから。まんまと復讐(ふくしゅう)を遂げられたなら、たとえ身体(からだ)は生き続けても、魂が死んで抜け殻(がら)になるんだ。こいつは片桐涼真ではなく、すでに雨宮縁なのだから。

「なに？　顔に何かついてる？」

縁が訊(き)いた。

庵堂は無言で目を逸らし、院内の画像を操作した。

理事長室にはカメラがなくて、残念ながら玲奈の様子はわからない。

「いえ……ついに終章突入なのかと思っただけです」

そして、

「長い物語でしたね」

と、付け足した。

「……アナタにとってもね」

縁は言って、ありがとう、と頭を下げた。

「ぼく一人では無理だった」

「報酬が魅力的でしたから」

庵堂は立ち上がり、クーラーボックスを開けて、縁の分の飲み物を出した。

「水分補給をしてください。あんたの命は俺のものですから」

縁は微笑み、ペットボトルを受け取って、素直にミネラルウォーターを飲んだ。


帝王病院の火葬場からは、日が暮れても煙が立ち上り続けている。死人が多すぎて焼くのが追いついていないのか、もしくは誰かの死体がすでに火葬炉に入っていたのに、また死体を載せて火を点けて、双方が生焼けになっているのかもしれない。

左近は地下室からときおり顔を覗かせて、敷地内の様子を確認しながら、様々な妄想を膨らませて楽しんでいた。鳴り響いていたブザーの音はいつしか消えて、駐車場に停まっていた車も、一台、また一台と姿を消した。

外界と隔絶された施設だからな。そりゃ、いろんな秘密もあるだろう。

人を焼く煙から目を逸らし、スタッフや看護師が家に帰って夜間態勢に戻るのを待つ。

昨日、初めて訪れたレストランで豪華な食事をした以外、何も食べていなかったが空腹ではなく、むしろ興奮と高揚で胸が一杯になっていた。

黄昏時が訪れて森の匂いが強くなり、草むらで鳴く虫がうるさくなっても、もう少し待つべきだと彼は思った。フラワーウォーターチューブに挿されたバラは、今も見事に咲いている。設備室の奥へ入り込んでから、左近はバラを再び白衣に挿した。

加代子の病室の空調がどれか、すでに確認を済ませてあった。左近は医療鞄を引き寄せて、合成麻薬のフェンタニルを取り出した。研究室でガス状に加工してきたものだ。吸い込まないようマスクを着けて、加代子の部屋へ送り込む。一度に吸い込まないよう、少量ずつを慎重に空気と混ぜた。身体の自由は奪っても、意識まで奪ってしまっては台無しだ。腹部を切り裂くときは、あの女の目に浮かぶ恐怖を堪能しなければならない。

地下室は雑多な機械の音がする。暗くてカビ臭く、床や天井や配管の上をネズミが這い回っている。壁に巨大なゲジゲジがいて、それが頭上に落ちてくる。漏れ出たガスを吸い込んだネズミの動きが緩慢になり、引きつって痙攣している様を見て、左近はそれに加代子を重ねた。

救ってやる。救ってやるぞ。私がおまえを救ってやる。

ガスを流し終えると、左近は医療用メスを入れたケースを鞄から出した。状況に応じて使い分けるため、選りすぐったやつを何本も持って来たのだ。彼はそれをポケットに入れ、守衛室からくすねたマスターキーを手に持った。胸に挿したバラの向きを調整し、両手に唾を吐いて髪を撫でつけ、そして思わず鼻歌を歌った。左近の母が若いころ、よく口ずさんでいたシャンソンだ。

――愛しいひと　目覚めぬ人よ　天使はあなたを離さない　だから私が――

会いに行くの。と左近は歌い、踊るようにステップを踏んで夜の森へと出ていった。


理事長室の窓辺に立って、月岡玲奈は森を見ていた。

今夜は月が明るくて、目さえ慣れればライトがなくても左近は外を歩けるだろう。

隔離病棟では八人の患者が命を落とした。生きているとも言えなかったから、自分が死んだとわかっているのか怪しいけれど。今日はすごく忙しかったから、私からの礼だと言い添えて、守衛に差し入れを届けておいた。睡眠薬入りのサンドイッチとコーヒーだから、今頃は眠っているはずだ。そうしないと左近が守衛を殺すかもしれない。けれど守衛にはまだ役目があって、死なせるわけにはいかないのだ。理事長に落ち度はないと証言してもらわなければ。

隔離病棟へ続く小道が玲奈のパソコンに表示されている。左近の姿は映っていないが、加代子の病室にはハッキリと異変が確認できた。あの女はベッドに入ったまま、布団をかぶって動かない。

玲奈は心臓がドキドキとして、世界を征服したように感じた。

左近先生……早くしなさい。

あの女の最期はビデオに撮って、何度も眺めて楽しもう。リアルタイムで見ていたいけど、私にはまだやることがある。

殺人に気付いた理由が監視映像であってはならない。そしてあの女が死んだ後、左近はすみやかに逮捕されなければならない。院内で起きた騒ぎのすべては左近が母を殺すために仕組んだことであり、私も病院も被害者なのだ。

いよいよことが起きるという興奮で、玲奈は窓とパソコンの間を何度もウロウロと行き来した。そしてこの後の手順について復習した。

私は母の殺害に気付いて警察を呼ぶ。今日はいろいろあったから、守衛を案じて病棟の様子を見に行って……守衛室のモニターで事件を確認、左近を逃がさないようすぐさま階を封鎖する。そして警察に電話するのだ。

手順を確認してからパソコンを覗くと、病棟の外に左近万真が立っていた。

ドクン！　と、玲奈の心臓が鳴る。

彼女はパソコンをトイレに運び、録画スイッチを押して理事長室を出て行った。

森を抜けると、特殊隔離病棟は守衛室だけにぼんやりとした明かりがあった。

左近はこっそり近づいて、窓の鉄格子に指をかけ、伸び上がって室内を覗き込んでみた。プロレスラーのような黒人の守衛がいたはずが、見えたのは監視カメラのモニターと、その前に俯(うつぶ)した巨漢の制服だけだった。リー、リー、リー、と、森では虫が鳴いている。風はなく、耳のあたりで蚊が唸る。左近は蚊を潰そうとして自分の首をパチンと打ったが、守衛はびくとも動かなかった。耳を澄ますと、低いいびきの音がした。

今日の騒ぎに疲れて眠っているのか。

隙を見て守衛に使うつもりだった注射器から手を離した。

命拾いしたな。

頭で言いながらマスターキーで扉を開けた。外気と一緒に蚊が入り込んだが、守衛はまったく動かない。テーブルには飲みかけのコーヒーがあり、ゴミ箱にサンドイッチの包み紙が捨てられている。逃げ出す都合があるので施錠はしないで先へと進んだ。

昼間は戦場のようだった一階病棟は、いくつかの部屋がもぬけの殻となっていた。以前来たときは動物園のようにうるさかったが、今夜はまったく物音がしない。患者のいる部屋を覗いてみると、便器に顔を突っ込んでぐったりしている男が見えた。床に血を吐いた跡がある。何かの集団感染だろうかと左近は思い、慌ててポケットの医療用手袋を装着した。少し早いがマスクも着けた。

吉井加代子は私の顔を拝めなくなって哀れだが、こちらが向こうを見られればいい。

廊下の先の鉄格子を解錠し、施錠せぬまま先へ進んだ。

廃墟のような暗い階段も、一段上るごとにワクワクしてくる。左近は胸に挿したバラを嗅ぎ、マスクをしていることに改めて気付いた。なんだか少年の頃に戻ったようだ。人を切り裂く悦びをまだ知らなかったころ。憧れの女性の眼差(まなざ)しに心ときめかせていたころ。人体を弄(もてあそ)ぶ背徳感と恐怖と気持ち悪さがやがて、性的快感と結びつくなんて、あの頃は考えもしなかった。

　メスのケースを取り出して、階段室で一本選んだ。加代子のツナギを切り裂くのに使うのだ。右手に持って指をかけ、すぐ、鍵を開けなければいけないことに気がついた。ケースに戻してそれを脇の下にはさみ、加代子の階の鉄格子を開けた。

　前に来たとき確認済みだ。その階は長い廊下の両側に誰もいない病室が並んでいる。どん詰まりが加代子の部屋で、巨大な鉄格子の壁がある。病室の扉はすべて閉まっていたが、気にすることなく先へと進んだ。前室にひとつだけ置かれたベンチに月明かりが当たっている。美しい夜だった。

　マスクの内側で左近は自分の唇を舐(な)める。

　とても静かだ。前室を解錠しながら加代子の様子を窺(うかが)った。ベッドに人の膨らみがあり、臙脂色のツナギを着た腕が布団から少しだけはみ出していた。

　空調は静かな音を立て、部屋の明かりは消えており、水槽がポコポコと空気を吐いて、そこにメダカが浮いていた。

　左近は眠り姫を起こす王子様になった気がした。

　前室に入り、鉄格子と金網で隔(へだ)てられた病室を見た。ベッドはまったく動いていない。

ガスが効き過ぎて殺してしまったのではと心配になる。

加代子の病室に入るためには、鉄格子の片隅の、人一人が屈んでようやく通れるほどの扉を開けるほかはない。鍵は同じだ。

左近はその場にひざまずき、脇にメスのケースが挟んであって、胸にバラが挿してあるのを確認した。レトロな鍵を差し込んで、グルリと回す。眠り姫のお城の門が開いた。

待て。少し待て。彼女の身体を切り裂く前に、悦びが頂点に達しそうになって間を置いた。身体の自由は利かずとも、音は聞こえているだろう。誰かが入って来たことも、檻の鍵が開いたというのに逃げられない状況も、彼女はわかっているはずだ。

立ち上がって自分の髪を掻き上げながら、ベッドの加代子に囁いた。

「こんばんは。雑魚だとあなたに嗤われた男が来ましたよ」

そしてゆっくり近づくと、メスのケースからさっき選んだ一本を取った。切っ先がキラリと光って見えるよう、角度を変えてベッドにかざす。

「吉井加代子ことサタンの娘。あなたを地獄から救ってあげます」

布団に手をかけて剝ぎ取ったとき、チクリと頸椎に痛みを感じた。背後からマスクを剝ぎ取られ、その瞬間に彼は見た。ベッドにいたのは中身のないツナギだけだった。身体の自由が奪われていき、そうして床に倒れたとき、左近は全裸の吉井加代子が、守衛に使おうと思っていた注射器を持ち、奪われたマスクで呼吸しているのに気がついた。

「よく来たね……この雑魚が」

サメのような牙が透明のマスク越しに笑っている。吉井加代子はひざまずき、左近のメスで白衣を切り裂き、床に落ちたケースを開けて中を調べた。

叫びたくとも声は出せない。眼球以外、身体のどこも動かせない。

「さすがに解剖マニアだけあって、メスをたくさん持って来たのね、ありがとう」

加代子は素手で刃先にさわり、流れ出た血で左近の腹に、切開する場所の線を描いた。

左近万真の断末魔の声は誰の許(もと)にも届かなかった。

左近が仕事を楽しめるよう、玲奈は小道をゆっくり歩いた。自分の姿は院内の監視カメラが捉えているから、守衛や患者を案じる素振りと表情を作る。

守衛室のモニターで加代子の死体とその惨状を見たときの演じ方を考えながら、玲奈は怯えた感じが出るように両手を胸のあたりで組んだ。

予定通り、守衛室には人影がない。

それに気付いて慌てたフリで、小走りになって病棟に近づいた。ドアをノックしても返答はない。ノブに手をかけ、引き開けて、玲奈は守衛がまんまと眠っているのを確かめた。飲みかけのコーヒーがまだテーブルにあったので、備え付けのシンクに中身を流してカップを洗った。サンドイッチは食べ終えてある。守衛の肩に手をかけながら、待ちきれずに吉井加代子の病室を映すモニターを見た。望んでいたものがそこにはあった。ベッドの脇に血まみれの骸が横たわり、腹が割かれて、引き出された腸が長々と床を這っていた。一部が金網にかけてあり、血と肉片が散っていた。玲奈は全身を走り抜けた快感に思わず悦びの声を上げたが、すぐに真顔を作って守衛をゆり起こした。

「起きて、いったい何があったの」

そうしておいて左近の姿を探すと、空き病室のひとつに白衣が消える様子が見えた。

「侵入者よ。隔離室を封鎖して！」

守衛はガバリと体を起こし、目の前の雇い主に驚愕した。

「吉井加代子が殺された。すぐにあの階をロックして」

言いながら鍵なしで開閉可能な防火扉のスイッチを自ら押してロックした。また非常ブザーが鳴って、回転灯が屋外で光った。けれども飛んでくるスタッフは少ない。玲奈はまたも自ら受話器を取って、緊急用の電話をかけた。

「こちら帝王病院です。誰かが病棟に侵入して患者を殺しました！」

真夜中の森に物々しいサイレンを響かせて、最寄りの警察署から警察官らがやって来る。

玲奈は夜間スタッフに門を開けさせ、案内させて、守衛と一緒に彼らが来るのを待って

いた。うっかり眠ってしまったことで不測の事態を引き起こしたと守衛は詫びたが、玲奈は同情した顔で、

「今日は特別に忙しかったから仕方がないわ。悪いのは犯人で、あなたじゃない」

クビにはしないと安心させた。人が最も絶望を感じるのは、危機を乗り越えた先で遭遇する次の不幸だ。ここでクビにするのはもったいない。

森に懐中電灯の光が動き、最寄り署の警察官らが駆けつけてくる。当該階を即時封鎖して犯人を閉じ込めたお手柄を、玲奈は守衛に譲って言った。

「彼がすぐに封鎖してくれたので、犯人は外に出られず、同じ階にまだいるはずです」

警棒と盾を構えた警察官らが、長い廊下を進んで行った。道案内に守衛がついて、玲奈はそれを守衛室のモニターで見ていた。守衛と警察官らが犯人のいる階に到着したら、緊急時の防火扉を解除する。なんてゾクゾクするんだろう。彼らは、そして私も、吉井加代子の骸を見るのだ。

警官が持つライトの光が階段を駆け上がっていく。そして当該階に着き、観念して投降しろと叫んでいる。その階は空き部屋の扉がすべて閉まって、警官らがそれを一室、また一室と開けていく。

一方で加代子の骸は転がされたまま、野生動物に食い荒らされたかのようだ。

その部屋ではなくその先よ、左近万真が隠れているのは。

娯楽映画を見るような気分でモニターを眺めた。

そう、そこよ。

警官が最後の部屋の扉を開けると、フワリと白衣が飛び出して、それがそのまま廊下に落ちた。警官らはざわめいた。何人かが病室へ飛び込んで、すぐに出てくる。左右に首を振っている。

どうしたの？

別の警官が加代子の病室に入ろうとして、空気の異常に気がついた。

守衛が率先して病棟内の窓を開け、警官は布などで口元を覆った。病室内へ入ろうとせず、前室にいる。そこからライトを病室に向け、鉄格子に引っかかっている腸と、一輪のバラを光に照らした。

玲奈は全身の血が一気に凍った。

警察官の操る明かりが吉井加代子の病室内を順繰りに浮かび上がらせていく。

床に転がった裸の死体。

血を吸った服……そして、ベッドに載っている臙脂色のツナギ。

ライトは床の骸に向かい、光が顔を照らしたとき、玲奈はつんざくような悲鳴を上げた。それが加代子ではなく、変わり果てた刺客の顔だったからだ。

テレビのニュースで、吉井加代子の顔が大写しにされている。心神耗弱ではあるけれど、手口の残虐さと犯した事件の重大性、無差別に同様の事件を起こす危険性を考慮してのものだとキャスターは報じた。収監されていた帝王病院を脱走した加代子について、スタジオにいるキャスターが手元の記事を読み上げる。

――事件前日。同病院内では、神田署の留置場を逃亡した左近万真が大量殺人を犯していたという情報もあります。複数の情報が錯綜しているようですが、いったいどういうことなのでしょうか。では、現場から中継です――

キャスターは現場を呼び出した。

奥多摩上空をヘリコプターが飛び回り、病院の門扉の前で現地取材班がマイクを握る。

――複数の殺人を犯して逮捕拘留されていた左近万真は、留置場を逃げ出したあと、自身が教授をしていた医大から劇毒物を盗み出し、こちら、奥多摩にある私立帝王病院に忍び込んだと見られています。その後左近は、吉井加代子が入院している棟内に毒物を撒き、一昨日の未明から昨日にかけて八名の患者が痙攣発作等で死亡、十数名が重篤な症状を引き起こしたとのことでした。吉井加代子の病室にも同様の毒物が撒かれたようですが、殺害されたのは左近のほうで、吉井加代子の所在は現在も確認できていない状態が続いています――

スタジオのキャスターが訊く。

——吉井加代子とはどんな人物なんですか？——

——情報によりますと、夫と夫の両親ほか、実子複数名の殺人と十数件の傷害事件で起訴されていた人物のようですが、心神耗弱を認められてこちらの病院に収監されていたということです——

——殺害された左近万真と吉井加代子の関係は？　わかっているのでしょうか——

——え——……こちら……とある病院関係者の証言によりますと、左近万真は犯罪心理学に造詣の深い精神科医で、吉井加代子の研究者を名乗っていたそうでした。そうした人物が、なぜ病院を襲って多くの患者を傷つけたのか、また、吉井加代子を襲おうとしたのか、そして彼女に殺されてしまったのか、詳しいことはわかっていません。警察の捜査を待ちたいと……——

「帝王病院が実名で公表されたね」

潜伏場所の貸倉庫で、パソコンのニュース報道を見ながら縁が言った。

「これだけの事件ですからね。金で揉み消しはできませんよ」

「病棟内でも犠牲者を出した。まさか玲奈がここまでやるとは……」

報道陣が群がっている映像を見ながら縁が言うと、

「責任を感じているんですか？」

と、庵堂が訊いた。

「やったのはあなたではなく玲奈です。たまたまニュースに取り上げられただけで、普段から同様のことはしていたのでしょう」

ニュースは画面が切り替わり、

【帝王アカデミーグループのCEO・月岡玲奈氏が引責辞任】

物々しいテロップが画面に躍った。

月岡玲奈は有名人だ。過去に出演したメディアから派手な画角が切り取られ、次々に画面をよぎっていく。

——今回の騒動に関する一連の対応についての説明記者会見は、早い段階で行うと、帝王アカデミーグループは表明していましたが、統括責任者の月岡玲奈氏が引責辞任を発表した模様です。これは順番が逆ではありませんか？——

——確かにそうですね。月岡玲奈氏はメディアへの露出も多い有名人です。その彼女が
……——

「引責辞任？　このタイミングで？」

庵堂が呟くと、縁は背筋を伸ばして頭を押さえた。

「マズい。玲奈は逃亡する気だ。おそらくは、海外へ」

「では搭乗者名簿をサーチしますか？」

「いや、時間がないから空港で張り込もう。それが加代子でも同じことをするはずだし、加代子には玲奈の行動が把握できていると思うから……庵堂、吉井加代子のパソコンに入れたよね？」

「入れます。偽サイトの【ゴールド】にアクセスすると、ウイルスに感染するよう仕込んでおきましたから」

「じゃ、遡って閲覧履歴をチェックして。加代子のことだから、玲奈の行動を予測して逐一サーチしていたはずなんだ。加代子を追えば玲奈につながる」

「とんでもない母子ですね」

言いながら庵堂は、吉井加代子のパソコンからアクセス履歴を呼び出した。

「左近が殺され、加代子が消えた。玲奈は死ぬほど怯えている。次に狙われるのは自分だとわかっているから、グズグズしてはいられないはずだ。逃亡するなら海外だ。加代子はパスポートを取れないし、世界は日本より広い……玲奈は反撃を考え始めると同時にその先の展開をシミュレーションしていたはずだ」

「それを加代子は見ていたわけですか……あ。左近が事件を起こした頃に、加代子が海外の不動産情報を検索しています。玲奈も不動産情報までは制限をかけていなかったんですね。当たり前か……」

「たぶんそれだよ」そして縁は、

「……だから甘いと言ったのに……」と、呟いた。

「不動産をサーチしたのはどこの国？」

「ラトビアですね。なるほど……あそこは観光目的ならビザを取得せずとも九十日程度の滞在が可能で、ヨーロッパの都市から近い。月岡玲奈が選びそうな場所ではあります。あと、本数は少ないですが、リーガ行きの便が成田空港から出ています」

喋りながら庵堂はパソコンの電源を落とし、

「行きましょう」

と、縁に言った。


真夏の成田空港国際線ロビーは、夏休みを海外で過ごした人や、これから行こうという人や、外国人ビジネスマンでごった返していた。玲奈はその人々をプロテクターにして逃げようとしている。

母親の殺害に失敗した彼女は、優秀で申し分のない経営者の仮面をかなぐり捨てて帝王アカデミーグループを放り出し、取るに足らぬ生き物と唾棄した人々に守られながら逃げるつもりだ。この一秒も、これから先の一秒も、追われる恐怖と闘い続ける。たとえ飛行機が飛び立っても恐怖は止まない。異国に居を構えても夜の物音に怯えて泣くのだ。吉井加代子と決別したいま、玲奈に安住の時はない。

　行き交う人々を眼下に見ながら縁は思う。それでも玲奈は、被害者たちが感じた恐怖や痛みに思いを馳(は)せたりしない。ぼくの両親や妹のことなど、疾(と)うに忘れているのかも。因果応報という言葉を知らず、悲しみが何かも知らないんだから。縁は一瞬だけかつての姉を不憫(ふびん)に感じ、自分がしてきたことは何だったのかと考えた。

　吉井加代子は大地に落ちて土を腐らせ、悪の華を次々に咲かせる種だ。アレが母親でなかったならば、玲奈にも別の人生があったのだろうか。それとも悪は人の姿で生まれてくるのか。そうならぼくらは、大切な人たちを、どう守ったらいいのだろうか。

　幸福だったころの両親や、妹や、まだ姉だと思っていた頃の玲奈の笑顔が思い出された。ぼくは全てを奪われただけじゃなく、悪に感染して、悪に染まって、こんなにも汚れてしまった。妹の臓器がある場所に、縁はそっと手を置いた。愛衣(あい)、ごめん……すぐに終わらせてあげるから。そうしたら、もう、ぼくの中で頑張らなくてもいいからね。

　中央ビルの二階ロビーから見下ろしていること一時間あまり、やがて成田空港駅を出てくる人々の中に、明らかに違うオーラの人物がいるのを見つけた。

　つばの広い帽子をかぶって、オーガンジーのスカーフを巻き、スラックスにスニーカー、スーツケースを引きずりながら、小刻みに頭を動かして、周囲の様子を探っている人だ。

隣で庵堂も首を伸ばした。彼も気がついたのだ。

「……玲奈だ」

と、縁は小さく言った。月岡玲奈は野ウサギのように怯えている。

「どうします？　このまま逃がしてＯＫですか？」

縁は己に問いかけた。

今さらになって、しかも唐突に、恨み以外の様々なことが思い出される。命がけで自分を救ってくれた庵堂の父や、毎日欠かさず病室に野の花を摘んできてくれた庵堂の婚約者のことや、妹の臓器を移植してくれた庵堂や、作家雨宮縁を支えてくれた真壁と蒲田、本を売ってくれた飯野や、校閲者に、書店員や読者のことを。

復讐が目的であることを隠して彼らを騙した。もらった命をそれだけに使った。

どうすればいい？　どうすれば……加代子の報復に怯える玲奈の姿は、姉だった頃の彼女を思い起こさせた。許せない気持ちとは裏腹に、幼い玲奈の笑顔だけが心に浮かんで哀れさが募った。早くしないと見失う。彼女は海外へ逃亡し、そして加代子がいなければ、まともな人生を送るのだろうか。

「加代子と玲奈が分裂すれば、もう犯罪を起こさないとでも思っていますか？」

ついに縁の肩を摑んで庵堂が言った。

「いいのか？　行かせて！」

その瞬間、脳裏に嵐の夜の惨劇が浮かんだ。打ちつける雨と妹から流れ出す温かな血。それを止めようとしたときの絶望。縁は身を翻し、ホールへの階段を駆け下りた。

庵堂の言う通りだ。

彼女は重要参考人として警察の聴取に応じなければならない。グループを隠れ蓑に進行してきたおぞましい行為を、全て白状しなければならない。庵堂の父は庵堂の婚約者を殺していない。ぼくの家族を襲った真犯人は玲奈だ。玲奈と加代子という病根が取り去られれば、帝王アカデミーグループは、父が目指した患者のための医療機関に戻るんだ。

人垣を除けながら縁は階段を駆け下りていく。庵堂も後ろをついてくる。階下のホールに玲奈が見える。つば広の帽子から覗く唇は真っ青で、挙動不審にキョロキョロしている。近くにいる者の顔をすべて確認しないと、一歩も歩けないとでも言うように。

それぞれのウイングへつながる到着ロビーは人の流れが複雑だ。誰かとすれ違ったかと思えばまた誰かがやって来て、追い越して行く者もいる。玲奈はそれを警戒している。周辺には警備員の姿があって、油断なく人々に目を配っている。玲奈は挙動不審で目立つ。不審者のように落ち着きがない。警備員の一人が胸の無線機に囁くのが見える。玲奈のほうへ歩き出す。

それで縁は歩調を緩め、背中に庵堂の肩が当たった。捕まえろ。そうなれば、竹田刑事に電話をするから。庵堂と共に立ち止まり、成り行きを見守ろうとしたときだった。

セックスワーカーさながらのピッタリと身体に張り付く派手な服を着た赤毛の女が玲奈に駆け寄り、スーツケースを引く腕を摑んだ。そのまま向き合い、視線が絡んだ次の瞬間、赤毛の女は玲奈の背中に腕を回してグッと抱き寄せ、ツバ広の帽子が床に落ちた。

玲奈のボブカットはシルバーグレーになっていた。吉井加代子に対する凄まじい恐怖が、一夜にして黒髪を白髪に変えたのだ。玲奈は仰向いて目を見開くと、女の赤毛を両手で摑んだ。女はさらに玲奈を抱き寄せて手首をグリッと返し、片腕を胸のあたりまで突き上げた。玲奈は喘ぎ、女の赤毛を強く引き、それがずるりとフロアに落ちた。

きゃあーっ！　と誰かが悲鳴を上げた。

二人の女の足下に、バタバタと音を立てて玲奈の内臓があふれ出す。

玲奈は床に膝を折り、そして仰向けにひっくり返った。下腹部から胸まで引き裂かれ、ゴボゴボと口から血を吐いている。群衆が飛び退き、二人の周りに輪ができる。赤毛のウィッグが外れてしまうと、その下にあったのは吉井加代子の残忍な顔だった。サメのような牙を持ち、半透明のプロテクターをはめ、二重まぶたの大きな目が恍惚に濡れて光っている。流れ出た血が床に広がり、それを見て人々は逃げ出した。動かない縁と庵堂にぶつかりながら、人の輪はどんどん広くなり、やがて人々は縁と庵堂から離れた場所で重なり合って、何が起きたか見ようとし始めた。輪の中にいるのは倒れた玲奈と刺した加代子と、縁と庵堂の四人だけである。縁は右手を真っ直ぐ伸ばして加代子を指すと、大声で叫んだ。

「吉井加代子だ！　帝王病院で医師を殺して逃げた女だ！」

片手に刃物を光らせて、うっとりと娘の血を堪能していた吉井加代子は、縁の声に顔を上げ、微動もせずにこちらを見ている青年に気がついた。玲奈を殺して欲しいと病棟に来た青年だ。片桐医師の息子と名乗った。鍵のかたちをガムに写して、合鍵の材料となるプレートをくれた。目が合うと、青年は三日月のような口でニヤリと笑った。

「おまえか……」

そのとき加代子はすべてを悟った。

警笛が鳴り響き、四方から警備員や警察官が駆けてくる。

青年は加代子を指したまま後ろに下がり、やがて人混みの中に消えていく。

「おまえ……おまえがわかって、やらせていたのか……」

加代子は牙からプロテクターを外し、刃物を持ち替えて頭上に掲げた。

「やめなさい！　武器を置け！」

誰かが吠えた。青年は人垣の奥で立ち止まり、中指を突き立てた。隣にいる背の高い男が青年の肩に手をかける。その男にも見覚えがある。どこかの編集者がやって来たとき、影のように付き添っていたサングラスの男だ。

「うわーあ、あああ！」

加代子は叫び、警官たちは発砲の構えを見せた。

「撃つぞ！　武器を捨てろ！」

おまえ……おまえらが……あのときからすでに、これを仕組んでいたってことか……火を噴くほどに目を見開いて二人の背中を追いながら、吉井加代子は凶器を捨てて両手を頭上に高く挙げ、素直に床にひざまずく。もはや殺した娘のことなど眼中になく、記憶からも消え失せていた。

おまえ……おまえら……加代子はベロリと唇を舐め、舌が千切れて血を吹いた。警官らに押さえつけられて床に倒され、後ろ手に拘束されたときも、こう考えていた。

片桐の長男。おまえか。

警察の応援部隊が駆けつけて行く。係員の誘導に従って冷静に避難してくださいと場内アナウンスが響く。戸惑う人々や、現場を見に行く野次馬たちをやり過ごし、縁と庵堂は空港ロビーを後にした。

どこへ向かう便なのか、旅客機が頭上を飛び立っていく。空に入道雲が湧き、都心上空が真っ暗になっている。そこにだけ稲妻が光って、雲が地面に落ちていく。

殺された玲奈の白髪と、彼女に対して一切の悲哀を滲ませなかった吉井加代子のことを考えながら、縁は自分の全身が、小さく震えているのに気がついた。

「終わったんですよ」

　と、庵堂が言う。

「うん……でも……」

　と、縁は答える。

「だから報酬を払いたいんだ。なるべく早く……今すぐにでも」

　震えているのはなぜだろう。喜びも感じなければ恐怖もないのに、ぼくの身体は何を感じて震えているのか……パトカーのサイレンや、ロビーのアナウンスが聞こえない。雨が降っている都心のほうから風が来て、縁の頬をなぶっていく。あの嵐の夜とはまったく違う、冷えて心地のいい風だった。

「そうですね。では支払ってもらいましょうか」

　と、縁の腕を摑んで庵堂は言った。

「あんたの気が変わらないうちに」

　そんなことは決してない。そのためだけにつないだ命だ。今は疲れて、眠りたいんだ。遠くに降る雨を見ながら、縁は心で呟いた。もう、生き続ける必要もないからと。

　つかの間の隠れ家に決めた倉庫に戻ると、庵堂は床にビニールシートを敷いた。殺人の痕跡を残さず、遺体の処理を楽にするためだ。丁寧に広げると、招くように腕を伸ばして、シートに縁を座らせた。正面に来て肩に手を置き、縁に訊ねる。

「俺がそれを望んでいると、本当に、思うんだな？」

こいつは復讐という諸刃の剣を選んだことで、ズタズタになって死のうとしている。だが俺は違う、と庵堂は思う。俺は痛みを抱えて生きていく。月子や父の誠を知るのは俺だけだから、死ぬわけにはいかないんだと。

縁は疲れきった顔で微笑んだ。

「わからない。でも、ぼくはこれしか持っていないから」

「あんたが持っていた、たった一つのものは復讐心だ。もはやそれすら失って……抜け殻だな。情けない」

「値切られたと思ってる？　そうなら……ごめん」

「生きようとしてくれないのか。俺に命乞いをしようとは？　あんたは自分のせいで俺の親父や月子が殺されたと思っているかもしれないが、俺も昔はそう思っていたが、あれはあんたのせいではないし、二人を殺したのは月岡玲奈だ」

青白い顔で俯いたまま、縁は何も答えない。庵堂の決意を変えないためか、本当に抜け殻になったのか、庵堂にはわからない。雨宮縁は復讐のために生まれた。もはや存在する理由はないのだ。

「……いいさ。楽しかったから、負けてやる」

庵堂は縁を仰向けに寝かせ、馬乗りになって喉に両手をかけた。

そしていきなり力を入れた。

縁はぼんやりと庵堂の顔を見ていたが、その表情からは安堵も嬉しさも、残忍さも悲しみも読み取れなかった。彼の瞳は相変わらず静かに澄んで、額に落ちかかる髪が色っぽかった。けれども一気に力が入ったときには血圧が上がって気道が塞がれ、呼吸が止まるより先に血管が切れて死ぬのだろうと、頭の片隅で考えていた。最期まで庵堂の顔を見ていたかったけど、縊死体に溢血点が出るのはこういうことか……理由を知って納得できた。そんなふうに思ったりした。

恐怖も痛みも感じない。意識が遠のいていくにつれ、真壁と蒲田の顔が浮かんで、消えた。彼らのことが好きだった。彼らに会えて幸せだった。両親、妹、庵堂先生と月子さん、ぼくが巻き込んでしまった人たち。ごめん、ほんとうに、ごめんなさい。そして縁は動かなくなった。庵堂が思っていたよりずっと静かに、そして素早く呼吸を止めて、本当の抜け殻になってしまった。身体はまだ温かい。けれど呼吸をしていない。

自分はこいつに何を与えてきたのだろうと、横たわる縁を見下ろして庵堂は思う。治療で生かした身体に宿ったものは、復讐がすべての痛ましい鬼だ。父や月子が命に代えて守ったのが鬼だなんて、許されない。顎を摘まんで顔を上向け、指を放すと、縁はガクリと横を向いてしまった。あの皮肉な笑みはそこになく、永遠の眠りを貪っている。

いい気なモノだな。楽々と自由になるなんて……庵堂は縁から離れてビニールシートに胡座(あぐら)をかいた。スマホを出して黄金社の真壁にメールを送る。

――真壁顕里様　雨宮縁が急逝しました。各方面へのお知らせ等に関しましては、デビュー元である黄金社様に一任させていただきます。何卒(なにとぞ)よろしくお願いいたします。庵堂貴一(きいち)――

庵堂は深いため息を吐き、もう一度縁を見下ろした。自分の背後で、死んだ父親と恋人の月子が、一緒に縁を見ている気がした。

エピローグ

　覆面作家雨宮縁急逝の知らせは、先ず黄金社がSNSで発表し、その後ネットの文芸ニュースサイトが取り上げて、各社にいる縁の担当編集者たちを驚愕させた。

　真壁は彼らや書店などと連携を取り、社を超えて著作物を書店に並べるなどの追悼を行った。SNSにはおびただしいお悔やみの言葉が寄せられて、出版社に読者から手紙が届き、蒲田が雨宮縁に化けたときの画像がネット上に晒された。縁ではない縁の素顔に読者が盛り上がっているのを見ると、生前に姿を晒していたならば、本はもっと売れていたかもしれないなどと真壁は思った。

　不思議なことに衝撃はなかった。寂しさはあるが、衝撃はなかったのだ。

　縁と自分の関係は、いつかこんなふうに終わるのだろうと予測していたせいかもしれない。それを望んだわけではないが、庵堂から知らせを受けたとき真壁が最初に感じたことは、覆面作家雨宮縁の復讐が、ついに終わったのだなという安堵感だった。

　彼が受賞したときは、なぜか空港のロビーで初めて会った。若い書き手だろうと思っていたのに、和服姿の傾いたジジイが現れて言葉をなくした。俺も驚いたけど、編集長はもっと驚き、文芸担当でもない俺に新人作家を押しつけたんだ。

ゴージャス美人のマダム探偵には一度ならず邪な思いを抱いたし、サイコパスのキサラギには度々ゾッとさせられた。牛乳瓶の底のようなメガネをかけたさえない青年、ナポリタンとフライドポテトが大好きだった女子高生の片桐愛衣……縁のことを思うとき、様々な人物が脳裏をよぎって、その中の誰を喪ったのかわからなくなる。

「くそ」

と、真壁は呟いて、一瞬だけ涙が流れた。

全員が縁の作った虚構じゃないか。

雨宮縁は存在しない。

最初からどこにもいなかったんだ。

そうなのか？　ほんとうに？

バカヤロウ。勝手に俺や蒲田くんを巻き込んで、勝手にどっかへ消えた作家だ。悲しむ義理なんてどこにもないぞ。

けれど思い出してしまうのだ。夜を徹して会社のコピー機で、デビュー作のチラシを作ったことや、厭な顔ひとつせずタイトなスケジュールをこなしてくれたこと。一緒に酒を呑んだことや、作品について熱く議論を交わしたことを。俺は雨宮縁を育てた。それが真壁に自信を生んだ。まっさらな段階から企画書を作って自分で執筆できるという自信は、彼との仕事で培われたモノのようにも思う。けれど縁はもういない。本当にあっさりと、跡形もなく消えてしまった。

「なんだかなあ」

涙を拭って顔を上げると、デスクには何冊にもなった取材ノートが積まれていた。

いや……先生。

それは確かに真壁自身が縁と出会い、振り回されながらも一緒に戦い、彼から受け取ったもの、いつか本にするために、真壁が執念で集めたものだ。

真壁は椅子をデスクに引き寄せ、取材ノートを手に取った。

縁が死んで庵堂が去り、『帝王アカデミーグループ周辺で起きた一連の事件の裏側を暴く』という企画が会議を通って、全三巻にもわたる大型ノンフィクション本の執筆が始まった翌年の春。旧姓飯野が真壁に電話をくれた。

彼女は今も『のぞね書房』の書店員だが、どうやらおめでたの兆しがあると言う。安定期に入るまでは秘密にしておこうと二人で決めたのだけど、真壁さんは特別だからと、照れながら言う。

「蒲田くんは心配しすぎで、まだ誰にも話してないって。妊娠は病気じゃないのにね」

そして少し訊(き)きにくそうに、

「その後も庵堂さんとは連絡が取れないんですか？」

と真壁に訊(たず)ねた。

「音信不通のままなんだよな」

「そうか……私たち……私も蒲田くんも、せっかく真壁さんから雨宮先生の正体を教えてもらったんだけれど……やっぱり先生は片桐涼真さんじゃなくて雨宮先生としか思えなくって……キサラギとか東四郎とかマダムとか、たくさんの先生を一度に喪った気がするんです。だから庵堂さんもきっと……ショックで落ち込んでいるんでしょうね」

「あの二人、妖しいところがあったしなあ」

黄昏(たそがれ)のマダム探偵響鬼文佳を思い出しながら言うと、

「え。妖しいって？　真壁さん、二人がどんな関係だったと思ってるんです？」

と、彼女は訊いた。眉根を寄せた顔が見えるかのようだ。

どんなって、そりゃ色々だよ。真壁は心で呟いて、下衆(げす)な勘ぐりをしていたころの自分を滑稽(こっけい)に思った。折りにつけ、縁との刺激的な日々を思い出す。ついに本を出す夢が叶(かな)って、これほど忙しく働いているのに、彼に振り回されていた頃のドキドキやワクワクはどこにもなくて、つまらない。

「いや。落ち込んでるのはこっちだよ。結局のところ、最期の最後……本当の最後に、メール一本だけだったんだから」

「そうですよねえ……でも、白状しちゃうと、私たち……実は、蒲田くんと」

と、旧姓飯野はイタズラっぽい声を出す。

「先生が亡くなったと真壁さんから連絡をもらってしばらくしてから、雨宮先生の実家のお墓へ行ったんですよ」

「え。片桐家の墓へ？　どうしてそんな」

「調査能力があるのは真壁さんだけじゃないですよ。どうしても信じたくなくて、お墓に行けば、もしかして庵堂さんと会えるとか、そんな偶然にすがりたくなって」

「そうか……そこまでは考えなかったな」

「真壁さんも誘おうと話していたけど、あのあとすごく忙しそうだったから」

訃報の発表だけでなく追悼もあって、たしかに真壁は忙しかった。

ほかに法律的な問題もある。作家が死亡した場合、譲渡に関わる意思表示がなければ著作財産権は遺族が相続するが、縁はそれを帝王アカデミーグループに譲渡するという書類を残してくれていたから、庵堂の所在が不明でも大きな混乱はなかったが。

「それで？　お墓で庵堂さんに会えたりとかは……ないか……ないよな」

事実は小説よりも奇なりと言えど、現実はそうまで都合のいいものじゃない。

真壁は自分を笑ったが、飯野は言った。

「それなんだけど、不思議なのは……片桐家は雨宮先生で家系が絶えているんですよね。お墓を維持できているのは庵堂さんがいたからですよね」

「あー……まあ……そうか」

そのあたりも考えたことはなかったなあと真壁は思う。庵堂が、と言うよりも、涼真が維持していたのかもしれない。墓を取材に行ったとき、どうしてそこまで考えなかったのだろう。

「そうしたら、お墓にはまだ新しいお花が供えてあって」

「え？」

「夏だからしおれていたけど、豪華なお花がありました。きっと庵堂さんだよねって、蒲田くんと話したの……やだ……こんな話してると、また泣けてきちゃう」

けれども真壁は自分の胸が、意志と無関係にドキドキし始めたのを感じていた。

雨宮縁は幻だ。俺たちは、ずっと虚構に惑わされてきた。俺たちだけじゃなく、吉井加代子も月岡玲奈も。

「飯野さん、その話だけどさ……なんとなく」

スマホを握る手に血が通い、興奮して真壁はもみあげのあたりを掻いた。

「なんとなく……いや、案外さ、雨宮先生はどこかで生きているのかもしれないよ」

「え？」

と、旧姓飯野が驚いて訊く。

そうか、こういう反応って楽しいものだな。真壁は縁が自分たちに対して感じていたであろう快感を、少しだけ理解した。本当にそうだったのかは別にして。

「先生は人をおちょくる達人だったし、庵堂さんは消えちゃったし、誰も先生の亡骸と対面できていないんだしさ」

「それがホントに先生か、わかる人だっていませんものね――」

彼女もさらりと同意した。

「――そう思ってる方がずっといいですね。私たちもいつかまた先生に会えて、結婚と、出産と、両方の報告をできるかもしれないってことだから」

その通りだと真壁は思う。

あの奇妙な作家は生きていて、どこかで新しい顔を持ち、そして……復讐を果たした今は、何をしようと考えるのか。叶うなら、また物語を書いてほしいと真壁は願う。そしてさらに願うなら、そのときはまた、一緒に仕事をしたいものだと。

ある日。海外から真壁の許へ、薄い書簡が一通届いた。

送り主は庵堂貴一。カードや手紙はついていなかったが、美しい絵本が一冊出てきた。

題名は『Starry Night――星のふる夜』で、稲妻が切り裂く夜空から無数の星が降ってきて、小さな女の子や動物たちが、それをカゴに拾い集めている絵が描かれていた。

作者の名前を確認し、それが『ＲＹＯＭＡ』であるのを知ると、真壁は本を胸に抱いて立ち上がり、その場でグルリと一回転した。庵堂がこれを自分に送ってきた理由がわかったからだ。

真壁は本を抱えたままで、すぐさま蒲田に電話をかけた。

「ぼくのところへも届きました！」

興奮した声で蒲田は言った。

「真壁さん、もう読みました？」

「まだだし、英語で書かれているからすぐ読めないし」

「ですよねえ」

と、蒲田は笑う。

「でも、すごくきれいな絵本で感動しました。作者の名前を見ましたか？」

「見たよ。だから電話したんじゃないか」

「ですよねえ」

と、蒲田はまた言って、大きな音を立てて洟を鳴らした。

その音がジーンと真壁の胸に染み入る。

「蒲田くん……俺は決めたぞ」

何を、ですか？　と蒲田が訊ねてくるより早く、真壁はスマホに宣言をする。

「この絵本、俺が日本でも出版させるぞ。蒲田くんにプロモーションを手伝ってもらって、飯野さんに本を売ってもらって。また先生と仕事をしよう」

「あ、いいですね。賛成です。のぞね書房で朗読会を企画しましょう。あと、子供病院とかにも配って……」

蒲田のお喋り（しゃべ）りがなかなか止（や）まない。縁と仕事をすると口にしたとたんに、懐かしくもスリリングな日々が思い出されて、真壁は有楽町のガード下にある店で、酒を呑みながらナポリタンを食べたくなった。美しい絵本から目を転じれば、デスクにあれこれが積み上がり、電話が鳴って、話し声がして、眉間（みけん）に縦皺（たてじわ）を刻んだ同僚たちがパソコンやゲラと奮闘している。窓の外にはビルしか見えず、今年の文学賞の公募作品が段ボール箱に積み上がっていた。

物語というモノは、こんな雑多なオフィスで、こんな連中が躍起（やっき）になって作家と仕事し、本になって、読者の許へと届くのだ。

そしてひとたび表紙をめくれば、読む者を様々な世界へ誘（いざな）う。

――ひどい嵐の夜でした。風がびゅうびゅう暴れ回って、雨は叩（たた）きつけるように降り、雷まで鳴り出して、光と音がすべてを引き裂くようでした――

それは雨宮縁がまだ縁ではなかったころ。自宅の狭い二段ベッドで妹に語って聞かせた物語。彼が物を書く原点となった、宝石のような絵本であった。

真壁も蒲田もそのことを知るよしもなかったが、縁が死んで、ＲＹＯＭＡという作家が生まれたことは理解ができた。彼らは文字で世界を創り、言葉で人の心を動かす。そうやって、本を開く者をどんな世界へも連れて行く。編集者は作家と世界を磨き、読者に届けるエージェントだ。

「絵本ってところがいいですよね。あ、そう言えば、真壁さん知ってます？　飯野が言っていたんだけれど、雨宮先生って本当は、児童文学を書きたい希望があったんですって……子供たちが持ってる世界を文字にして、本に閉じ込めるのが夢だったって……」

興奮してまだ喋りまくっている蒲田の声を聞きながら、真壁は自分の頰を拭った。そんなつもりはなかったのだけれど、縁の急逝を知らされたときよりずっと、頰に涙が流れていたのだ。

「先生の児童文学、それもいいな」

真壁は蒲田にそう言って、スリープしたパソコンに映る自分を眺めた。自分はそういう仕事をしている。これからまだまだ忙しくなるぞと、真壁は自分に頷(うなず)いた。

The End.

ハンター・ハンター

一〇〇字書評

切り取り線

購買動機（新聞、雑誌名を記入するか、あるいは○をつけてください）	
□（　　　　　　　　　　　　）の広告を見て	
□（　　　　　　　　　　　　）の書評を見て	
□ 知人のすすめで	□ タイトルに惹かれて
□ カバーが良かったから	□ 内容が面白そうだから
□ 好きな作家だから	□ 好きな分野の本だから

・最近、最も感銘を受けた作品名をお書き下さい

・あなたのお好きな作家名をお書き下さい

・その他、ご要望がありましたらお書き下さい

住所	〒				
氏名		職業		年齢	
Eメール	※携帯には配信できません	新刊情報等のメール配信を 希望する・しない			

この本の感想を、編集部までお寄せいただけたらありがたく存じます。今後の企画の参考にさせていただきます。Eメールでも結構です。

いただいた「一〇〇字書評」は、新聞・雑誌等に紹介させていただくことがあります。その場合はお礼として特製図書カードを差し上げます。

前ページの原稿用紙に書評をお書きの上、切り取り、左記までお送り下さい。宛先の住所は不要です。

なお、ご記入いただいたお名前、ご住所等は、書評紹介の事前了解、謝礼のお届けのためだけに利用し、そのほかの目的のために利用することはありません。

〒一〇一―八七〇一
祥伝社文庫編集長　清水寿明
電話　〇三（三二六五）二〇八〇

祥伝社ホームページの「ブックレビュー」からも、書き込めます。
www.shodensha.co.jp/bookreview

祥伝社文庫

ハンター・ハンター　憑依作家 雨宮 縁（ひょういさっか あまみやえにし）

令和 6 年 6 月20日　初版第 1 刷発行

著　者　内藤 了（ないとう りょう）

発行者　辻 浩明

発行所　祥伝社（しょうでんしゃ）

東京都千代田区神田神保町 3-3

〒 101-8701

電話　03（3265）2081（販売部）

電話　03（3265）2080（編集部）

電話　03（3265）3622（業務部）

www.shodensha.co.jp

印刷所　堀内印刷

製本所　積信堂

カバーフォーマットデザイン　芥 陽子

Printed in Japan ©2024, Ryo Naito ISBN978-4-396-35055-0 C0193

祥伝社文庫の好評既刊

安東能明 **ソウル行最終便**

日本企業が開発した次世代8Kテレビの技術を巡り、赤羽中央署の疋田らが韓国産業スパイとの激烈な戦いに挑む！

安東能明 **彷徨捜査** 赤羽中央署生活安全課

赤羽に捨て置かれた四人の高齢者の身元を捜す疋田。お国訛りを手掛かりに、やがて現代日本の病巣へと辿りつく。

安東能明 **聖域捜査**

いじめ、ゴミ屋敷、認知症、偽札……理不尽な現代社会、警察内部の無益な対立を鋭く抉る珠玉の警察小説。

安東能明 **境界捜査**

薬物、悪質ペット業者、年金詐欺……。生活安全特捜隊の面々が、組織に挑み、地道な捜査で人の欲と打算を炙り出す！

安東能明 **伏流捜査**

脱法ドラッグの大掛かりな摘発が行われたが、売人は逃走しマスコミが騒ぎ出す。人間の闇を抉る迫真の警察小説。

大崎　梢 **空色の小鳥**

その少女は幸せの青い鳥なのか？　亡き兄の隠し子を密かに引き取り育てる男の、ある計画とは……。

祥伝社文庫の好評既刊

大崎　梢　**ドアを開けたら**

マンションで発見された独居老人の遺体が消えた！　中年男と高校生のコンビが真相に挑む心温まるミステリー。

石持浅海　**扉は閉ざされたまま**

完璧な犯行のはずだった。それなのに彼女は――。開かない扉を前に、息詰まる頭脳戦が始まった……。

石持浅海　**Rのつく月には気をつけよう**

大学時代の仲間が集まる飲み会は、今夜も酒と肴と恋の話で大盛り上がり。今回のゲストは……!?

石持浅海　**君の望む死に方**

「再読してなお面白い、一級品のミステリー」――作家・大倉崇裕氏に最高の称号を贈られた傑作！

石持浅海　**彼女が追ってくる**

かつての親友を殺した夏子。証拠隠滅は完璧。だが碓氷優佳は、死者が残したメッセージを見逃さなかった。

石持浅海　**わたしたちが少女と呼ばれていた頃**

教室は秘密と謎だらけ。少女と大人の間を揺れ動きながら成長していく。名探偵碓氷優佳の原点を描く学園ミステリー。

祥伝社文庫の好評既刊

柴田よしき　**ゆび**

東京の各地に〝指〟が出現する事件が続発。幻か？　トリックか？　やがて〝指〟は大量殺人を目論（もくろ）みだした。

柴田よしき　**ふたたびの虹**

小料理屋「ばんざい屋」の女将の作る懐かしい味に誘われて、今日も集まる客たち……恋と癒（いや）しのミステリー。

柴田よしき　**観覧車**

行方不明になった男の捜索依頼。手掛かりは愛人の白石（しらいし）和美。和美は日がな観覧車に乗って時を過ごすだけ……。

柴田よしき　**クリスマスローズの殺人**

刑事も探偵も吸血鬼？　女吸血鬼探偵メグが引き受けたのは、よくある妻の浮気調査のはずだった、のに……。

柴田よしき　**夜夢（よるゆめ）**

甘言、裏切り、追跡、妄想……愛と憎しみの狭間に生まれるおぞましい世界。女と男の心の闇を名手が描く！

柴田よしき　**貴船菊の白**

犯人の自殺現場を訪ねた元刑事。そこに貴船菊の花束を見つけた彼は、事件の意外な真相に気づいてしまう。

祥伝社文庫の好評既刊

楡　周平　**プラチナタウン**

堀田力氏絶賛！　ＷＯＷＯＷ・ドラマＷ原作。老人介護や地方の疲弊に真っ向から挑む、社会派ビジネス小説。

楡　周平　**介護退職**

堺屋太一氏、推薦！　平穏な日々を崩壊させる〝今そこにある危機〟を真正面から突きつける問題作。

楡　周平　**和僑**

プラチナタウンが抱える人口減少という未来の課題。町長が考えた日本をも明るくする次の一手とは？

楡　周平　**国士**

日本一を摑んだリストラ経験者たちがフランチャイズビジネスの闇に挑む！　心が熱くなるビジネスマン必読の書。

近藤史恵　**スーツケースの半分は**

あなたの旅に、幸多かれ――青いスーツケースが運ぶ〝新しい私〟との出会い。心にふわっと風が吹く幸せつなぐ物語。

近藤史恵　新装版　**カナリヤは眠れない**

彼女が買い物をやめられない理由とは？　身体の声が聞こえる整体師・合田力が謎を解くミステリー第一弾。

〈祥伝社文庫　今月の新刊〉

岡崎琢磨

貴方のために綴る18の物語

一日一話、読むだけで百四十三万円――心惑わす奇妙な依頼の真相は？　話題作『鏡の国』へと連なる、〝没入型〟恋愛ミステリー。

志川節子

博覧男爵

少年・牧野富太郎が憧れ、胸躍らせた、田中芳男。「日本博物館の父」と呼ばれた男の、知の文明開化に挑み続けた生涯を描く感動作。

内藤　了

ハンター・ハンター　憑依作家雨宮縁

無慈悲に命を奪う「暗闇を歩くもの」の正体は？　覆面作家の縁が背水の陣で巨悪に挑む！　大人気クライム・ミステリー、遂に完結！

泉ゆたか

横浜コインランドリー

今日も洗濯日和

妻を亡くした夫、同居の姑に悩む嫁、認知症の母と暮らす息子…人々の事情やお悩みも洗い流し、心をときほぐす。シリーズ第二弾！

西村京太郎

スーパー北斗殺人事件

車椅子の女性ヴァイオリニストと名門料亭の娘。殺されたのは、双子と見紛う二人のどちら？　十津川は歴史の中に鍵を追う！

河合莞爾

かばい屋弁之助吟味控

「罪なき者、この俺が庇ってみせる」大名家の子息で今は町人の弁之助は、火付犯にされた男の弁護のため、奉行所のお白洲に立つ！

畠山健二

新　本所おけら長屋（一）

二〇〇万部突破の人気時代小説、新章開幕！　あの万造が帰ってきた！　相棒の松吉と共におけら長屋の面々を巻き込み騒動を起こす！